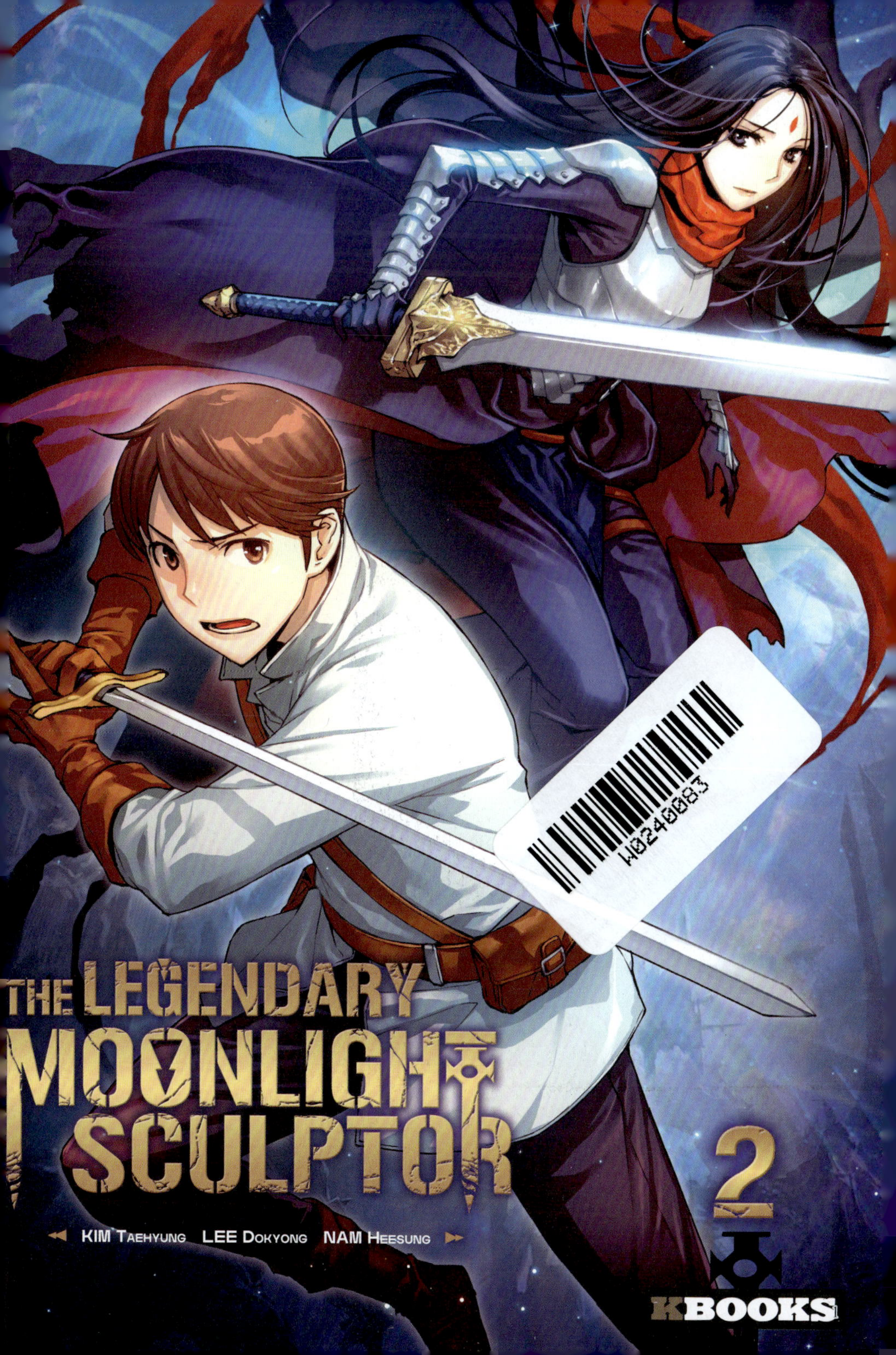
THE LEGENDARY
MOONLIGHT
SCULPTOR
2
KIM Taehyung LEE Dokyong NAM Heesung
KBOOKS

TOME 2

- SOMMAIRE -

PERSONNAGES

MIDVALE
BECKER
FICHU
CANASSON
SEOYOON
GANDALBA
DARIUS

CHAPITRE 14

SHALALA
MAIS C'EST... !
CETTE COULEUR, CE MOTIF...
PAS DE DOUTE ! C'EST LE MOUCHOIR DE LA REINE EVANE !
COMMENT CE GARÇON A-T-IL MIS LA MAIN SUR UN OBJET SI PRÉCIEUX ?
IL A MORDU À L'HAMEÇON !
NICKEL ! ON PASSE À L'ÉTAPE SUPÉRIEURE ?!
HÊ HÊ HÊ HÊ

OUH LÀ ! CELLE-CI EST UN PEU SALE.
VOUS PERMETTEZ ?
FFT
FFT
LE SALIGAUD ! COMMENT OSE-T-IL SOUILLER CE TRÉSOR ?!
CE MOUCHOIR EST INESTIMABLE !
CE MOUCHOIR VOUS INTÉRESSE ? C'EST PRATIQUE POUR DONNER UN COUP DE PROPRE.
AH OUI ?
ÇA SUFFIT ! PLUS UN GESTE !

*NDT : terme désignant un évènement spécial dans un jeu vidéo.

TERRAIN D'ENTRAÎNEMENT BASIQUE
HYA !
RAH !

HÉ HÉ ! ÇA FAIT PLAISIR DE LES VOIR S'ENTRAÎNER DUR.
HYA !
LE SOLEIL SE COUCHE. IL EST TEMPS DE RENTRER À LA MAISON.
AAAAH
FWIT
!!
QUI VA LÀ ?!

AH ! BONSOIR, MONSIEUR L'INSTRUCTEUR !
HA HA HA
REGARDEZ-MOI QUI VOILÀ !
OUI, C'EST MOI. HA HA HA...
JE NE PENSAIS PAS RISQUER LA DÉCAPITATION EN ESSAYANT DE GRATTER À MANGER.
TU AS PU VOIR LE SAGE RODRIAS, ALORS ?
TOUJOURS AUSSI AFFAMÉ, TOI.
OUI, JE L'AI RENCONTRÉ.
VOUS NE VOULEZ PAS RENGAINER VOTRE ÉPÉE ?

JE VOIS...
TU VEUX SAVOIR QUELLE CLASSE TE CONVIENDRAIT LE MIEUX...
C'EST D'ACCORD.
IL A L'AIR BIZARRE...
VA EXTERMINER LES MONSTRES DE L'ANTRE DE LITVART.

TUES-EN PLEIN.
SI TU RÉUSSIS, UNE CLASSE EXCEPTIONNELLE TE SERA PROPOSÉE !
JE TE LE GARANTIS.
TU M'AS FAIT AVALER DES COULEUVRES RIEN QUE POUR ÇA ? IL TE SUFFISAIT DE CONSULTER UN RECRUTEUR ! TSS !

POUAH HA HA HA ! JE LE RECONNAIS BIEN LÀ. DIRE QUE TU AS RÉUSSI À ATTIRER CETTE TÊTE DE MULE DEHORS !
GYAH HA HA !
LES DOIGTS DANS LE NEZ.
HÉ HÉ
ÇA EXPLIQUE TA VISITE. TU TOMBES BIEN.
L'EXPÉDITION POUR L'ANTRE DE LITVART PART DEMAIN. TU PEUX PASSER LA NUIT À LA MAISON.
JAUGE D'AMITIÉ AVEC L'INSTRUCTEUR
CHASSER POUR MONTER EN NIVEAU !
MAINTENANT QUE J'AI MA QUÊTE, JE N'AI RIEN À GAGNER À ME RAPPROCHER DE L'INSTRUCTEUR. MIEUX VAUT ALLER CHASSER POUR MONTER EN NIVEAU !
UNE PROCHAINE FOIS. J'AI PLEIN DE CHOSES À PRÉPARER SI JE DOIS PARTIR DEMAIN.
SANS COMPTER QUE J'AI RENDEZ-VOUS POUR UNE PARTIE DE CHASSE DEVANT LA CITADELLE.
TANT PIS, ALORS.
MA FEMME A PRÉVU DE GRILLER UN COCHON ENTIER À LA MAISON. JE VOULAIS T'EN FAIRE PROFITER.
UN BARBECUE DE PORC ?!
BARBECUE DE PORC
PANSE REMPLIE
ÉCONOMIES SUR LA NOURRITURE !
PROFITS !

EH BIEN !
J'AI TOUJOURS VOULU RENCONTRER VOTRE FEMME. IL PARAÎT QU'ELLE EST MAGNIFIQUE !
TCHAC
EN ROUTE !
C'EST DE L'AUTRE CÔTÉ...
EUH, PAS LA PEINE DE ME TENIR PAR LA MAIN !
BIENVENUE À LA MAISON ! C'EST JUSTE EN FACE !

NOUS Y VOILÀ !
ALLEZ, ENTRE !
OUI, OUI. C'EST BON.
CHÉRIE, JE SUIS RENTRÉ !
JE LE TROUVE BIEN INSISTANT...
OH ?

< SEOYOON >
< SEOYOON >

[MARQUE DES MEURTRIERS]

DANS ROYAL ROAD, RIEN NE PERMET DE SAVOIR SI UN PERSONNAGE EST UN PNJ OU UN JOUEUR, À MOINS QUE CE DERNIER NE RÉVÈLE SON IDENTITÉ.

EN REVANCHE, LES MEURTRIERS REÇOIVENT UNE MALÉDICTION QUI LES EMPÊCHE DE DISSIMULER LEUR NOM.

EFFACER LA MARQUE DES MEURTRIERS NÉCESSITE DE RECOURIR À UNE MÉTHODE SPÉCIALE.

QU'EST-CE QU'UNE MEURTRIÈRE FICHE ICI ?!
GNAP
!!
TAC
M... MONSIEUR ?!
J'ÉTAIS SÛR QUE TU RÉAGIRAIS COMME ÇA. C'EST POUR ÇA QUE JE NE TE LÂCHAIS PAS.
TU CROYAIS POUVOIR PARTIR ?
HIN HIN
OH NON. J'AI FONCÉ DROIT DANS UN PIÈGE ?

CHAPITRE 15

DORK,
L'INSTRUCTEUR (PNJ)

NOM : DORK, L'INSTRUCTEUR

AFFILIATION : ROYAUME DE ROSENHEIM

POSITION : CITADELLE DE SERABORG, TERRAIN D'ENTRAÎNEMENT BASIQUE

CONDITIONS POUR LUI PARLER :
1. RENDEZ-VOUS SUR LE TERRAIN D'ENTRAÎNEMENT BASIQUE.
2. DEMANDEZ À VOUS ENTRAÎNER.

PRÉSENTATION : INSTRUCTEUR DU TERRAIN D'ENTRAÎNEMENT BASIQUE QUI FORME LES JOUEURS AUX TECHNIQUES DE COMBAT DE BASE. IL EST CONVAINCU QU'IL N'Y A PAS DE MEILLEURE ARME QUE L'ÉPÉE ET RESTE PERSUADÉ QU'IL FAUT SUER SANG ET EAU POUR DEVENIR PLUS FORT, ET QU'IL N'EXISTE PAS DE RACCOURCI.

ON RACONTE QU'IL ÉTAIT AUTREFOIS CHEVALIER ROYAL.

L'INSTRUCTEUR EST DE NIVEAU 200, AU MOINS. S'IL VOULAIT ME TUER, IL POURRAIT S'EN CHARGER LUI-MÊME SANS DEMANDER L'AIDE DE QUELQU'UN.
TU N'ES PAS LE SEUL QUE J'AI INVITÉ À DÎNER.
FAISONS LES PRÉSENTATIONS.
C'EST PARCE QUE C'EST TOI QUE JE ME SUIS PERMIS CETTE BOUTADE.
VOICI WEED. SON NIVEAU EST ENCORE BAS, MAIS C'EST UN DES RARES À AVOIR TERMINÉ L'ENTRAÎNEMENT BASIQUE.
C'EST GRÂCE À LUI QUE LE TERRAIN S'EST REMPLI.
< SEOYOON >
JE DOUTE QU'ELLE M'ATTAQUE EN PRÉSENCE DE L'INSTRUCTEUR... MAIS JE FERAIS MIEUX DE GARDER MES DISTANCES.
JE TE PRÉSENTE SEOYOON. ELLE AUSSI A FINI L'ENTRAÎNEMENT DE BASE.
DEPUIS, JE L'INVITE À MANGER UNE FOIS PAR MOIS.

JE COMPRENDS MIEUX.
ENCHANTÉ.
ELLE EST SACRÉMENT BELLE...
< SEOYOON >
...
< SEOYOON >
FWOUUSH
< SEOYOON >

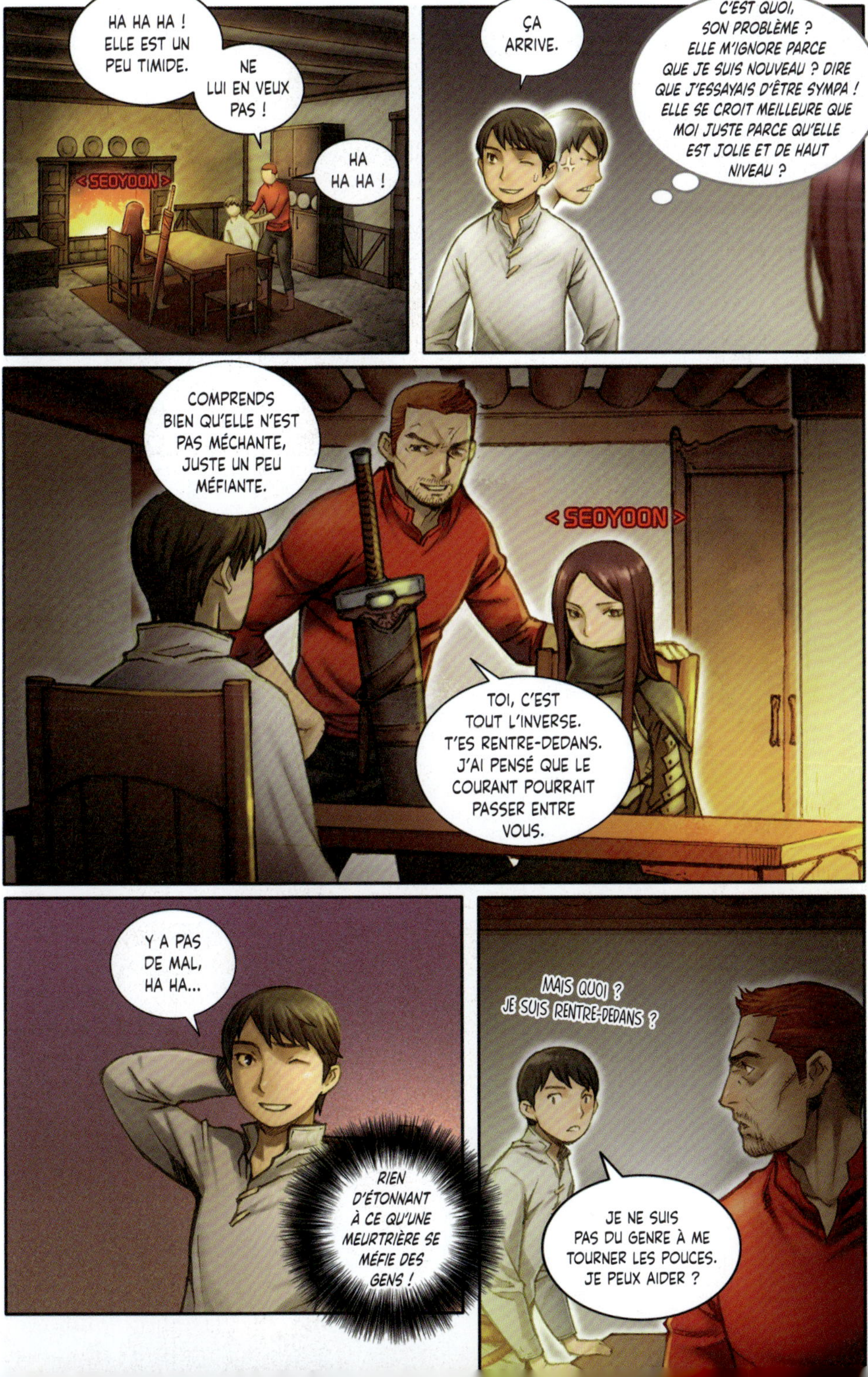
HA HA HA ! ELLE EST UN PEU TIMIDE.
NE LUI EN VEUX PAS !
HA HA HA !
< SEOYOON >
ÇA ARRIVE.
C'EST QUOI, SON PROBLÈME ? ELLE M'IGNORE PARCE QUE JE SUIS NOUVEAU ? DIRE QUE J'ESSAYAIS D'ÊTRE SYMPA ! ELLE SE CROIT MEILLEURE QUE MOI JUSTE PARCE QU'ELLE EST JOLIE ET DE HAUT NIVEAU ?
COMPRENDS BIEN QU'ELLE N'EST PAS MÉCHANTE, JUSTE UN PEU MÉFIANTE.
< SEOYOON >
TOI, C'EST TOUT L'INVERSE. T'ES RENTRE-DEDANS. J'AI PENSÉ QUE LE COURANT POURRAIT PASSER ENTRE VOUS.
Y A PAS DE MAL, HA HA...
RIEN D'ÉTONNANT À CE QU'UNE MEURTRIÈRE SE MÉFIE DES GENS !
MAIS QUOI ? JE SUIS RENTRE-DEDANS ?
JE NE SUIS PAS DU GENRE À ME TOURNER LES POUCES. JE PEUX AIDER ?

TU SAIS CUISINER ?
OUI ! ET JE SUIS PLUTÔT DOUÉ.
C'EST PAR ICI ?
OH ?
TOU DOUM !

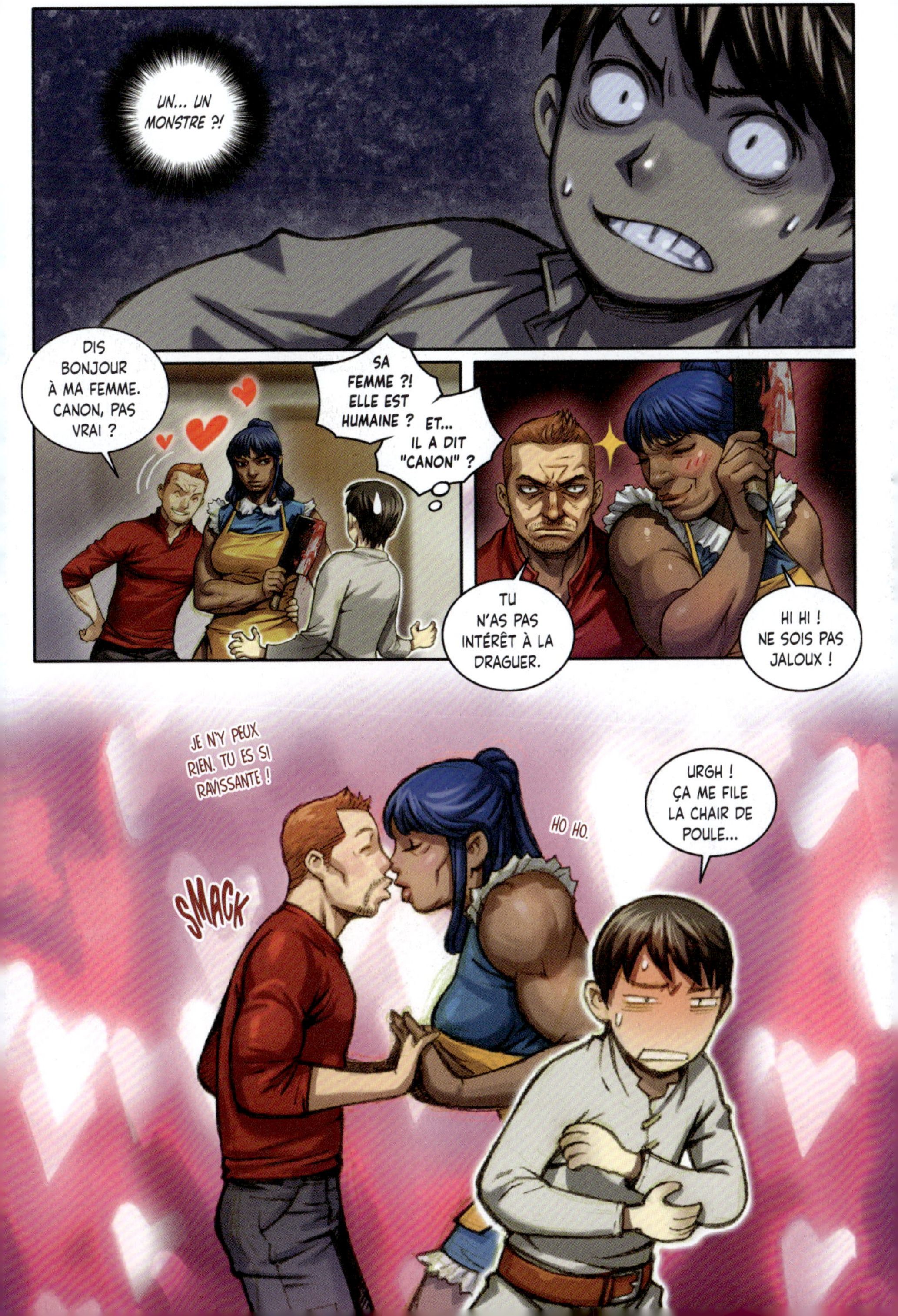
UN... UN MONSTRE ?!
DIS BONJOUR À MA FEMME. CANON, PAS VRAI ?
SA FEMME ?! ELLE EST HUMAINE ?
ET... IL A DIT "CANON" ?
TU N'AS PAS INTÉRÊT À LA DRAGUER.
HI HI ! NE SOIS PAS JALOUX !
JE N'Y PEUX RIEN. TU ES SI RAVISSANTE !
SMACK
HO HO.
URGH ! ÇA ME FILE LA CHAIR DE POULE...

PAS MAL, POUR UN HOMME. TU AS L'AIR DE T'Y CONNAÎTRE.
OUI.
JE CUISINE SOUVENT.
FRRT
FRRT
FRRT

DEPUIS TOUT PETIT, JE DOIS ME DÉBROUILLER POUR ME FAIRE À MANGER.
VOUS AVEZ OBTENU LA COMPÉTENCE "CUISINE".
HEIN ?
LA COMPÉTENCE CUISINE ? ÇA S'APPREND FACILEMENT...
MAIS BON, C'EST TOUJOURS UTILE !
< SEOYOON

...
AAAH
CRIII
POUF

C'EST L'ÉQUIPEMENT QUE TU T'ES ACHETÉ AUJOURD'HUI ?
CET ARC A ÉTÉ CONFECTIONNÉ À PARTIR DE TENDONS D'ORCS. IL EST GROSSIER, PAS TRÈS PRÉCIS, MAIS PAS TROP MAL. BON CHOIX.
J'AI EU UN RABAIS DE 20 PIÈCES D'ARGENT EN ÉCHANGE D'UNE SCULPTURE...
TING
MAIS J'AURAIS DÛ NÉGOCIER DAVANTAGE. ÇA NE VAUT PAS UNE PIÈCE D'OR.
C'EST COMME ÇA QU'ON FAIT ?
C'EST LA POSE QU'ON VOIT SUR TOUS LES POSTERS DE FILMS.

CRIII
OH ?
WISH
TCHAC
OUPS...
BRR

< SEOYOON >
SWING
GEUH !

CHAPITRE 16

DOUCEMENT ! J'AI PAS FAIT EXPRÈS !
FLÛTE ! J'AI NULLE PART OÙ M'ENFUIR !
< SEOYOON >
[ÉCHEC DE LA QUÊTE]
XP
SI JE ME FAIS PK* ICI, JE NE TROUVERAI JAMAIS DE BOULOT (QUI RAPPORTE GROS) !
*PK : TERME DE JEU VIDÉO. ACRONYME DE "PLAYER KILL". S'UTILISE LORSQU'UN JOUEUR EN TUE UN AUTRE EN PVP (COMBAT DE JOUEUR CONTRE JOUEUR).

< SEOYOON >
FWIT
TAC
TU VEUX QUAND MÊME TE BATTRE ?

...
ELLE SE FICHE DE CE QUE JE DIS ?
< SEOYOON >
LES MEURTRIERS ONT TENDANCE À TUER LES AUTRES JOUEURS POUR LES VOLER.
CLING
CLING
CLING
FWIP
FWIP
PAS QUESTION DE ME LAISSER FAIRE !
(MÊME SI JE N'AI QUE 2 PIÈCES D'ARGENT ET 57 PIÈCES DE CUIVRE...)
J'EN AI TROP BAVÉ POUR GAGNER TOUT ÇA !

SOIT !
TAP
?!
< SEOYOON >
WOUP

LAISSE-MOI TE FAIRE UNE OFFRE !
JE TE SCULPTE LA STATUETTE DE TON CHOIX !
< SEOYOO
ET ON SERA QUITTES !
BON SANG ! UNE SEULE NE LUI SUFFIT PAS ? ELLE EST DURE EN AFFAIRES !
...
< SEOYOON >
VA POUR DEUX, MAIS PAS PLUS ! EN ÉCHANGE, L'UNE D'ENTRE ELLES SERA À TON EFFIGIE !
JE SUIS CARRÉMENT PERDANT... MAIS LA GÉNÉROSITÉ EST UNE VERTU !

DEUX NON PLUS, C'EST PAS ASSEZ ? UGH !
< SEOYOON >
FWIP
< SEOYOON >
PFIOU !
JE L'AI ÉCHAPPÉ BELLE.
POUF
C'EST QUOI SON PROBLÈME, À CETTE FILLE...?

COCORICOO
POUAH !
TIENS DONC !
C'EST TOI, WEED ?
QU'EST-CE QUE TU FICHES DEHORS ?
AH... MONSIEUR L'INSTRUCTEUR.
C'EST DÉJÀ LE MATIN ? J'AI PAS FERMÉ L'ŒIL DE LA NUIT À CAUSE DE CETTE FILLE. ELLE EST TROP FLIPPANTE...

DORK !
JE VOULAIS AUSSI VOUS DIRE AU REVOIR AVANT DE M'EN ALLER.
ON SAIT JAMAIS. PARTIR SANS UN MOT POURRAIT RUINER MA QUÊTE...
BON, J'Y VAIS !
TU M'AS L'AIR PRESSÉ.
CHÉRIE, SEOYOON ! VENEZ DIRE AU REVOIR À WEED !
PAS LA PEINE !
JE NE VEUX PAS DÉRANGER.
SOIS PRUDENT !

ELLE S'APPELLE SEOYOON...
Y A PEU DE CHANCES QU'ON SE RECROISE UN JOUR.

WEED, C'EST ÇA ? DORK M'A TOUT EXPLIQUÉ.
CE PNJ DOIT ÊTRE L'AMI DE L'INSTRUCTEUR. MIDVALE, LE CHEVALIER ROYAL.
TU N'AS PAS DE CHEVAL À TOI ?
UN CHEVAL ?
PERSONNE NE M'A DIT QUE J'EN AURAI BESOIN.
UN CANASSON COÛTE 100 PIÈCES D'OR MINIMUM. ÇA FAIT UN GROS PAQUET DE PAINS D'ORGE...
IL VA NOUS FALLOIR TROIS HEURES POUR REJOINDRE LA GROTTE. ON NE PEUT PAS T'ATTENDRE.
MAIS PUISQUE C'EST UN AMI QUI T'ENVOIE, JE VAIS TE PRÊTER UNE MONTURE.
VAHNS ! RAMÈNE-LUI LE CANASSON QUI N'A PAS DE PROPRIÉTAIRE.

MERCI !
VIVE LES ÉCONOMIES !
ACCÉLÈRE, VIEILLE CARNE !
CLIP CLOP
HIII HIII
...
HIII HIII
EH BEN... IL A LA PEAU SUR LES OS !
ROMPL
MAIS JE NE VAIS PAS ME PLAINDRE ALORS QUE JE T'AI EU GRATOS !
J'ESPÈRE QU'ON VA BIEN S'ENTENDRE, MÊME SI C'EST TEMPORAIRE !
ROMPL
ROMPL
GNAR !
GAH !

SALE BÊTE !
WIP
OH ?
FLOP
FLOP
JE CONSTATE QUE TU N'ES PAS DÉNUÉ DE SCRUPULES.
TU RECONNAIS TON MAÎTRE, HEIN ?
FLOP
VLAAM
ARGH !

HIII
HIII
ESPÈCE DE DÉGÉNÉRÉ !
TURBULENT, CE GOSSE.
D'OÙ TU TE PERMETS DE ME CHEVAUCHER ?
JE VAIS ME CHARGER DE TON CAS, TU VAS VOIR !
BREF !

PLIC
CETTE QUÊTE...
GRRR

GRRRR
GRRR
GROAAAR !
N'ÉTAIT PAS
CENSÉE ÊTRE
FACILE ?

CHAPITRE 17

UNE SEMAINE PLUS TÔT, AU PREMIER JOUR DE L'EXPÉDITION DANS L'ANTRE DE LITVART, À L'ENTRÉE DE LA GROTTE
DU NERF, MAUDIT CANASSON !
HIII ! COMPTE PAS SUR MOI POUR ENTRER LÀ-DEDANS !
HALTE !
METTEZ PIED À TERRE ET TENEZ-VOUS PRÊTS !
NOUS ENTRERONS DÈS QUE NOUS SERONS EN FORMATION.
LES CHEVAUX RESTERONT ICI. FORMEZ QUATRE RANGS !
PLUS VITE QUE ÇA ! ON S'ACTIVE !

PFIOU ! ENFIN LIBÉRÉ DE CETTE TÊTE DE MULE !
TU M'ÔTES LES MOTS DE LA BOUCHE ! HIII !
APPROCHE, GAMIN !
MOI ?
AHEM ! C'EST À PROPOS DE TON ÉQUIPEMENT...
Y A QUELQUE CHOSE QUI NE VA PAS ?
TU N'AS PAS CE QU'IL FAUT POUR INTÉGRER LES PREMIÈRES LIGNES.
SERS-TOI DE TON ARC POUR NOUS COUVRIR DEPUIS L'ARRIÈRE.
À VOS ORDRES !

PARFAIT !
JE ME DOUTAIS QU'AVEC UN ÉQUIPEMENT POURRI, ILS ME LAISSERAIENT EN RETRAIT !
AU COMBAT, ON EST MIEUX LOTIS À L'ARRIÈRE !

L'EXPÉDITION DANS L'ANTRE DE LITVART COMMENCE !
EN AVANT !

FRSH
FRSH
TAP
TAP
TAP
TAP
GRR ! DES ENNEMIS !
CE SONT DES HUMAINS !
TUONS-LES ! GRR !

GAH !
OH ?
ILS FLIPPENT POUR SI PEU ? SÛREMENT DES NOUVELLES RECRUES...
TAP
TAP
TAP
TAP
TAP

POURQUOI LE COMMANDANT NE BOUGE PAS ?
ARGH !
LA VIE DE SES HOMMES NE VAUT RIEN ?
GROOAR
CHANGEMENT DE FORMATION ! LA DEUXIÈME LIGNE PASSE DEVANT ! LA PREMIÈRE, REPLIEZ-VOUS À L'ARRIÈRE !
EN AVANT !
À VOS ORDRES !

AH, ÇA A SERVI DE BAPTÊME DU FEU AUX NOUVELLES RECRUES.
IL VOULAIT QU'ELLES GOÛTENT UN PEU AU COMBAT.
BRAN, BECKER ! RAMASSEZ LE BUTIN !
ENTENDU !
ILS EN PROFITENT POUR SE REMPLIR LES POCHES.
IL EST TEMPS QUE JE ME JOIGNE À EUX !
GRRR
GROOAR

GRRR
SLASH
MAINTENANT !
?!
FWISH
URGH !
ET VOILÀ LE TRAVAIL !
ÇA RAPPORTE UNE BLINDE D'XP !

GROOAR
RAH !
WISH
GROOAR
(VOUS PASSEZ AU NIVEAU SUPÉRIEUR.)
(VOUS PASSEZ AU NIVEAU SUPÉRIEUR.)
GRRA
SLASH
(VOUS PASSEZ AU NIVEAU SUPÉRIEUR.)
MON NIVEAU AUGMENTE À VITESSE GRAND V. LA CHASSE EST FACILE. IL ME SUFFIT DE VISER LES KOBOLDS DÉJÀ AFFAIBLIS.
FWISH
J'AI EU RAISON DE M'ACHETER UN ARC ET DES FLÈCHES !

TU TROUVES PAS SON STYLE DE COMBAT UN PEU BIZARRE ?
SI... C'EST LOUCHE.
MINCE, C'EST TROP FLAGRANT !
S'IL S'APERÇOIVENT QUE JE ME LA COULE DOUCE PENDANT QU'ILS FONT TOUT LE BOULOT, ILS VONT ME DÉTESTER !
JE NE POURRAI PLUS CHASSER TRANQUILLEMENT.
HEUREUSEMENT, J'AI PLUS D'UN TOUR DANS MON SAC !
ON VA FAIRE UNE PAUSE ICI, MAIS RESTEZ SUR VOS GARDES !
À VOS ORDRES !
LE FEU EST ALLUMÉ ! RABOULEZ LES INGRÉDIENTS.
ON SE TAPE TOUT LE BOULOT...
FUUU
FUUU

LAISSEZ-MOI FAIRE !
T'EMBÊTE PAS...
MAIS SI !
JE SUIS NOVICE, MAIS CE SERAIT UN HONNEUR DE CUISINER POUR VOUS QUI RISQUEZ VOTRE VIE DANS L'INTÉRÊT DU ROYAUME.
C'EST GENTIL DE TA PART.
MAIS PAS LA PEINE D'EN FAIRE DES TONNES...
PUISQUE TU TE PROPOSES, UN COUP DE MAIN SERAIT PAS DE REFUS.
CUISINER DE GROSSES QUANTITÉS POUR LES SOLDATS ME PERMETTRA D'AUGMENTER MA COMPÉTENCE "CUISINE" !
SANS AVOIR À DÉBOURSER UN SOU POUR LES INGRÉDIENTS !
SHLING
TCHAC
COMPÉTENCE "CUISINE" ACTIVÉE !
TCHAC
TCHAC
TCHAC
TCHAC

LE REPAS EST PRÊT ! SERVEZ-VOUS !
MIAM !
DING
(COMPÉTENCE "CUISINE" AUGMENTÉE.)
DING
("DEXTÉRITÉ" AUGMENTÉE.)
BON SANG ! C'EST SUPER BON !
QUI AURAIT CRU QU'ON SE RÉGALERAIT COMME ÇA SUR LE CHAMP DE BATAILLE !
C'EST TOI QUI AS CUISINÉ TOUT ÇA ?
AH, OUI.
IL A L'AIR SÉVÈRE... J'AI FAIT UN TRUC QU'IL FALLAIT PAS ?

DU RAB, S'IL TE PLAÎT. C'EST EXCELLENT.
MEILLEUR QUE CE QUE CUISINE MA FEMME.
TOUT DE SUITE...
ÇA TE DIT DE DEVENIR CHEF-CUISINIER DE NOTRE EXPÉDITION ?
LA BONNE CHÈRE RENFORCE LE MORAL DES TROUPES.
AVEC PLAISIR, COMPTEZ SUR MOI !
GÉNIAL ! JE N'AI QU'À CONTINUER COMME ÇA POUR ENTRER DANS LEURS BONNES GRÂCES ! PERSONNE NE TROUVERA À REDIRE SUR MA FAÇON DE CHASSER !
APPORTEZ-MOI VOS ÉQUIPEMENTS CASSÉS ! JE ME CHARGE DES RÉPARATIONS !
VRAIMENT ? TU SAURAIS RÉPARER MON ÉPÉE ?
LA DURABILITÉ DE MON BOUCLIER A ÉTÉ RÉDUITE DE MOITIÉ...

PAR ICI LES BLESSÉS ! VENEZ QUE JE PANSE VOS PLAIES. ÇA ACCÉLÈRE LA CICATRISATION.
JE TE REMERCIE...
DING
[VOUS AVEZ OBTENU LA COMPÉTENCE "BANDAGE".]
ANALYSE !
ZIING
DING
[DAGUE DE GOBELIN DE QUALITÉ INFÉRIEURE]
HEUREUSEMENT QU'ON T'A AVEC NOUS, WEED !
T'AS PAS INTÉRET À NOUS QUITTER !
PROMIS !

ÇA A MARCHÉ COMME SUR DES ROULETTES ! PLUS PERSONNE NE COMMENTERA MES MÉTHODES DE CHASSE !
MAIS JE ME DEMANDE POURQUOI LE NOMBRE DE MONSTRES NE DIMINUE PAS SUR LA FICHE D'INFORMATION DE LA QUÊTE.
WOOUV
[MISSION D'ÉRADICATION DANS L'ANTRE DE LITVART]
100 MONSTRES SONT TAPIS DANS L'ANTRE DE LITVART. ÉRADIQUEZ-LES TOUS ET PROUVEZ VOTRE VALEUR.
UNE NOUVELLE VOIE S'OUVRIRA À VOUS.
MONSTRES RESTANTS : 100
RODRIAS LE SAGE M'A CONFIÉ CETTE QUÊTE... J'IMAGINE QU'ON N'EST PAS LÀ POUR QUELQUES KOBOLDS. IL FAUT DÉBUSQUER LES AUTRES MONSTRES.
AUJOURD'HUI :
8E JOUR D'EXPÉDITION
3E SOUS-SOL DE L'ANTRE DE LITVART

GRRR
GRRR
GROAAAR !
CETTE QUÊTE S'AVÈRE MOINS SIMPLE QUE PRÉVUE !

CHAPITRE 18

GRRRR
GRRR
GRRR
GRRR
ARGH !
GLOUPS
LES IMBÉCILES ! ILS RESTENT PÉTRIFIÉS FACE AUX GOBELINS !
KOBOLDS NIV. 20 - 28
GOBELINS NIV. 50
LES GOBELINS SONT DEUX FOIS PLUS FORTS QUE LES KOBOLDS, MAIS DE LÀ À BALISER AVANT MÊME QUE LE COMBAT NE COMMENCE... À CE RYTHME-LÀ, CES SOLDATS VONT SE FAIRE MASSACRER !

POF
J'EN AI BAVÉ POUR AUGMENTER LEUR JAUGE D'AMITIÉ ! PAS QUESTION DE LES LAISSER MOURIR APRÈS M'ÊTRE DONNÉ TOUT CE MAL !
ZIING
HÉ, WEED ! QU'EST-CE QUE TU FOUS ?
RECULE, C'EST DANGEREUX !

JE VAIS MONTRER L'EXEMPLE !
RAAH !
GRRR
CLANG

FWOOSH
GNII !
UGH !
WOOSH
KIEK

VLAM
CRÈVE, L'HUMAIN !
WEED !
CES CLOWNS SONT PLUS FAIBLES QU'ILS N'Y PARAÎT !
PAS DE QUOI AVOIR PEUR !
IL A L'AIR DE LEUR TENIR TÊTE...
AH OUAIS ?

REGARDEZ AUTOUR DE VOUS !
VOUS N'ÊTES PAS SEULS ! VOS CAMARADES SONT LÀ !
COMPTEZ SUR EUX POUR SURVEILLER VOS ARRIÈRES !
NOS CAMARADES...

À L'ASSAUT !
SI WEED EN EST CAPABLE, NOUS AUSSI !
ALLEZ, EN AVANT !
RAAAH !

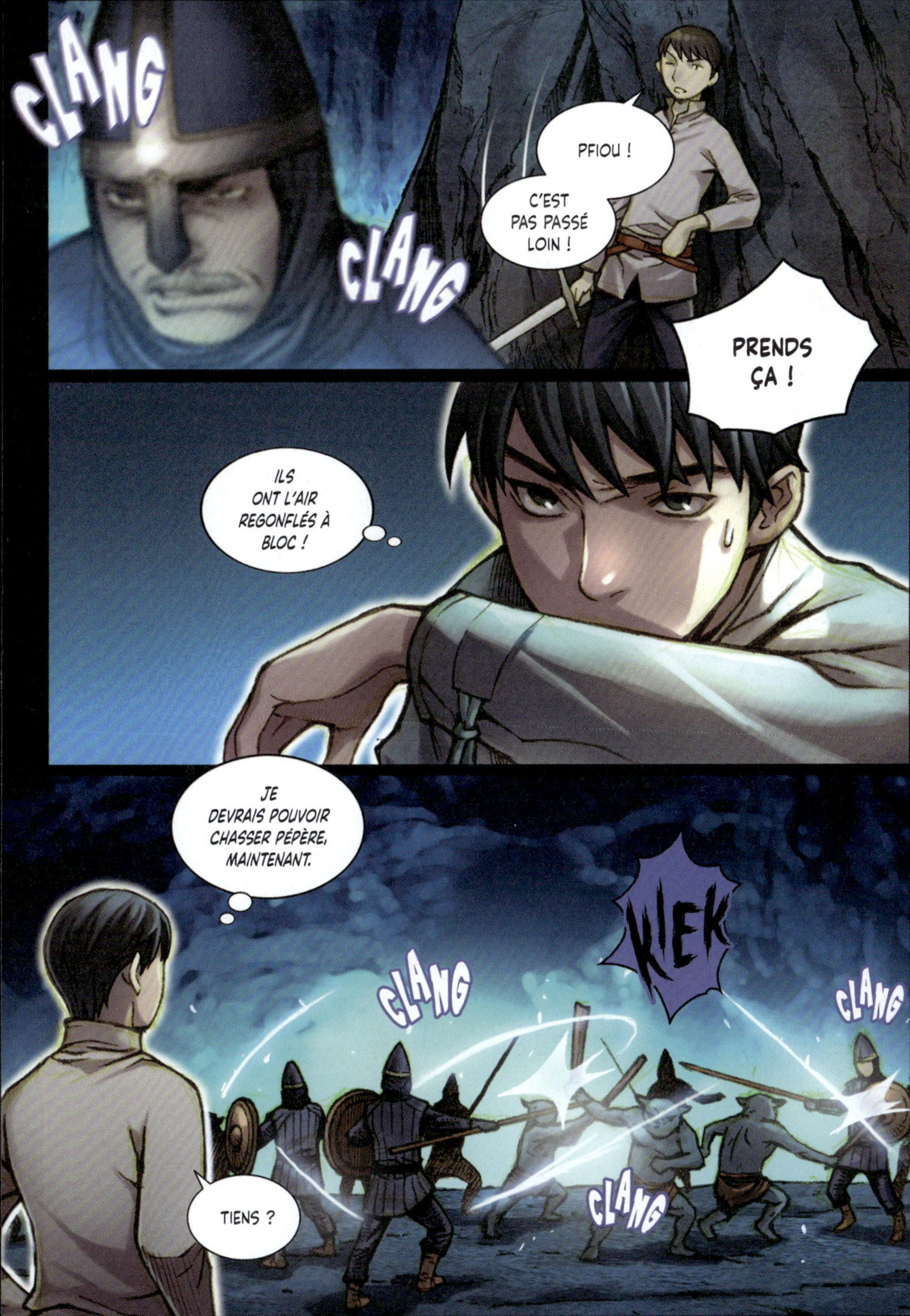
CLANG
CLANG
PFIOU !
C'EST PAS PASSÉ LOIN !
PRENDS ÇA !
ILS ONT L'AIR REGONFLÉS À BLOC !
JE DEVRAIS POUVOIR CHASSER PÉPÈRE, MAINTENANT.
CLANG
KIEK
CLANG
CLANG
TIENS ?

C'EST QUOI, CE BAZAR ?
PFF
C'EST BIEN QU'ILS SOIENT MOTIVÉS, MAIS ILS SE BATTENT N'IMPORTE COMMENT...
LEVEZ VOS BOUCLIERS ET SERREZ LES RANGS !
SERVEZ-VOUS DE VOS BOUCLIERS !
ÇA MARCHE BIEN CONTRE LES GOBELINS !
AH OUI, C'EST VRAI !
TAP
TAP
TAP
VOILÀ QUI EST MIEUX !

!
GROAR
BANG
BANG
TENEZ BON !
LES GARS DE DERRIÈRE, ATTAQUEZ AVEC VOS LANCES !
GROAAR
FWISH

GRRR
C'EST LUI !
VOILÀ LE BOSS !

KIIEK!
GROAAR
SWING

WOOOOOSH
TCHAC

EH BEH !
DING
[VOUS PASSEZ AU NIVEAU SUPÉRIEUR.]
DING
[VOUS AVEZ GAGNÉ 3 POINTS DE LEADERSHIP.]

HOURRAAA
ON A GAGNÉ !
CES GOBELINS N'ÉTAIENT PAS SI TERRIBLES, EN FIN DE COMPTE !
TOUT ÇA, C'EST GRÂCE À WEED !
T'AS DU LEADERSHIP ET UNE CAPACITÉ D'ANALYSE HORS DU COMMUN ! TU GÈRES !
DISONS QUE C'EST LA CHANCE DU DÉBUTANT. HA HA.
...

HMM ?
J'EN AI PEUT-ÊTRE UN PEU TROP FAIT. MIDVALE N'A PAS DÛ APPRÉCIER QUE JE PRENNE SA PLACE.
IL RISQUE DE CROIRE QUE J'EN VEUX À SON POSTE...
IL NE M'EXÉCUTERAIT PAS POUR SI PEU, SI ?
APRÈS TOUT, ON S'ENTEND BIEN...
TOI ! APPROCHE.
IL FAUT QU'ON PARLE.
MISÈRE !

CHAPITRE 19

TU M'AS IMPRESSIONNÉ.
ÇA T'INTÉRESSERAIT DE T'ENGAGER DANS L'ARMÉE ROYALE EN TANT QU'OFFICIER ?
CATASTROPHE !
OFFICIER...
DE L'ARMÉE ROYALE ?
OUF ! J'AI CRU AU PIRE !
DING
NOTIFICATION
LE CHEVALIER MIDVALE VOUS INVITE À DEVENIR OFFICIER DE L'ARMÉE ROYALE.
SI VOUS ACCEPTEZ SA PROPOSITION, VOUS AUREZ 10 SOLDATS SOUS VOS ORDRES.
VOUS RECEVREZ ÉGALEMENT UNE FORMATION MILITAIRE AINSI QU'UNE SOLDE MENSUELLE DE 50 PIÈCES D'ARGENT.
ACCEPTEZ-VOUS SA PROPOSITION ? [OUI / NON]
EN AVANT TOUTE !
JE POURRAIS ME LAISSER TENTER...

MAIS NON !
IL EST TROP TÔT
POUR CHOISIR UNE
AFFILIATION.
DÉSOLÉ.
JE TIENS À
RESTER LIBRE DE
MES MOUVEMENTS AFIN
D'AIDER LES PERSONNES EN
DÉTRESSE ET COMBATTRE
DES MONSTRES À
TRAVERS LE
ROYAUME.
COMME SI
LA VIE DE SIMPLE
SOLDAT POUVAIT
ME CONVENIR !
DOMMAGE.
MAIS N'HÉSITE PAS
SI TU CHANGES
D'AVIS.
EN
ATTENDANT...
QUE
DIRAIS-TU DE
DIRIGER NOS TROUPES
LE TEMPS DE CETTE
EXPÉDITION ?

MOI ?
VOUS ÊTES SÛR ?
ILS TE FONT CONFIANCE ET TU AS BEAUCOUP À LEUR APPRENDRE.
J'AIMERAIS VOIR CE QUE ÇA DONNE.
MONTRE-MOI DE QUOI TU ES CAPABLE.
DANS CE CAS... C'EST D'ACCORD !
JE VAIS PROFITER AU MAX DE CETTE OPPORTUNITÉ !
YEAH !

3E SOUS-SOL
JE M'APPELLE WEED !
JE SERAI VOTRE CHEF À PARTIR DE MAINTENANT.
OUAIS !

[LEADERSHIP AUGMENTÉ !]
PARTEZ EN ÉCLAIREURS !
4E SOUS-SOL

5E SOUS-SOL

[VOUS PASSEZ AU NIVEAU SUPÉRIEUR !]
SNIF !
ET UNE VICTOIRE DE PLUS !
HOURRA !
YOUHOU !

MISSION D'ÉRADICATION DANS L'ANTRE DE LITVART !
100 MONSTRES SONT TAPIS DANS L'ANTRE DE LITVART.
ÉRADIQUEZ-LES TOUS ET PROUVEZ VOTRE VALEUR.
UNE NOUVELLE VOIE S'OUVRIRA À VOUS.
MONSTRES RESTANTS : 100
TIP
J'AI ATTEINT LE NIVEAU 62.
C'EST PLUS QUE LES SOLDATS, QUI SONT DE NIVEAU 57. ET LES OFFICIERS DE L'ARMÉE DE ROSENHEIM DE NIVEAU 40 EN MOYENNE.
LE NOMBRE DE MONSTRES À LIQUIDER N'A PAS BOUGÉ D'UN POUCE.
WEED !
OUI ?
TIP

GRÂCE À TOI, NOTRE MISSION D'ÉRADICATION EST TERMINÉE.
SI J'EN AVAIS CINQ COMME TOI À MES CÔTÉS, JE N'AURAIS PLUS À M'EN FAIRE.
VOUS ME FLATTEZ.
JE VAIS ROUGIR. AH !
IL EST TEMPS DE RENTRER À LA CITADELLE. TU VIENS AVEC NOUS ?
JE N'AI PAS FINI CE QUE J'AVAIS À FAIRE ICI.
EN VÉRITÉ, RODRIAS LE SAGE M'A CONFIÉ UNE QUÊTE.

ÇA EXPLIQUE TOUT !
JE COMPRENDS MIEUX TON REFUS D'INTÉGRER L'ARMÉE ROYALE SI TU ES EN MISSION.
RIEN NE SERVIRAIT D'INSISTER.
BON ! ON AURAIT AIMÉ RENTRER AVEC TOI, MAIS TANT PIS.
PAR CONTRE, LAISSE-MOI T'OFFRIR UN CADEAU.
TU L'AS AVEC TOI ?
UN CADEAU ? MERCI !
BLING
BLING

HII !
J'IRAI PAS
PLUS LOIN !
LE VOILÀ !
DOUCEMENT !
CLOP
CLOP
CLOP
ENCORE
CE MAUDIT
CANASSON ?!
GARDE-LE,
IL DEVRAIT
T'ÊTRE
UTILE.
EN
GAGE DE MA
GRATITUDE.
NON
MERCI !
JE N'AI PAS
BESOIN DE
CHEVAL !
HUUU
WIP
QUELLE
PLAIE...
SUR CE !

CHEF ! ON NE T'OUBLIERA PAS !
ON TE DOIT LA VIE !
JE GÈRE UN RESTAURANT ! PASSE MANGER QUAND TU VEUX !

HIII
...
ÇA IRA, TOUT SEUL ?
ON ESPÈRE TE REVOIR BIENTÔT, CHEF !
BRAN, BECKER !
VOUS DEVEZ ABSOLUMENT PARTIR ?
SI ÇA NE TENAIT QU'À NOUS, ON RESTERAIT...
JE VOUS AI ÉLEVÉS COMME MES PROPRES FILS. J'AI L'IMPRESSION QU'ON M'ARRACHE UNE PARTIE DE MOI-MÊME. SNIF !
ÇA NE NOUS ENCHANTE PAS DE TE LAISSER SEUL.
BON COURAGE, CHEF !
ATTENTION SUR LA ROUTE !
PRÉVIENS-NOUS QUAND TU RENTRERAS À LA CITADELLE !

PRRR
PRRR
HAA...
BON, REJETONS UN ŒIL À LA QUÊTE.
HUM
100 MONSTRES
SONT TAPIS DANS L'ANTRE DE LITVART.
DIQUEZ-LES TOUS ET PROUVEZ VOTRE VALE
UNE NOUVELLE VOIE S'OUVRIRA À VOUS.
MONSTRES RESTANTS : 100
IL N'EXISTE QU'UNE SEULE GROTTE DE CE NOM. ILS SONT FORCÉMENT ICI...

RODRIAS
LE SAGE
HMM... HMM !
TOUT SE PASSE BIEN ?
DE RETOUR DE VOTRE PROMENADE ?
VOUS ÊTES RENTRÉ ! VOTRE BALADE S'EST BIEN PASSÉE ?
TRÈS !
LA JOURNÉE A ÉTÉ PAISIBLE.

ZIEUTE
QU'Y A-T-IL ?
JE REPENSAIS AU GAMIN QUI SCULPTAIT SES STATUETTES DEVANT VOTRE PORTE.
AH, CE MORVEUX !
QUEL INSOLENT, CELUI-LÀ !
TOUT ÇA POUR QUE JE LUI RÉVÈLE LE MOYEN DE TROUVER LA CLASSE PARFAITE !
GRRR
IL A OSÉ SOUILLER LE MOUCHOIR DE SA MAJESTÉ EVANE... QUEL AFFRONT !

CELA DIT, IL N'EST PAS PRÈS DE TROUVER CET ENDROIT... LOIN S'EN FAUT !
L'ANTRE DE LITVART RECÈLE BIEN DES SECRETS !
MÊME S'IL TOMBE DESSUS PAR HASARD...
ET QU'IL ACQUIERT UNE CLASSE...
RIEN NE SE PASSERA COMME PRÉVU ! MOUAH HA HA HA !
VIEUX FOU...

CHAPITRE 20

CLANG
CLANG
GROAAR
VROOOSH
TOUJOURS AUCUN ITEM INTÉRESSANT ?
NON, QUE DES BRELOQUES...

REGARDEZ, CELUI-LÀ A PLANÉ JUSQU'ICI !
TIENS ? IL Y A UN TROU...
GAH!
FWIP
ÇA GAZE ?
HA HA
TU... TU M'AS FAIT PEUR !
TOUJOURS PAS D'ENTRÉE CACHÉE.
ÇA VA FAIRE UNE SEMAINE QUE JE PASSE AU CRIBLE LES CINQ SOUS-SOLS, EN VAIN.
C'EST UN JOUEUR ?
D'OÙ IL SORT ?
QU'EST-CE QU'IL FABRIQUE ICI ?

VA EXTERMINER LES MONSTRES DE L'ANTRE DE LITVART.
TUES-EN PLEIN.
SI TU RÉUSSIS, UNE CLASSE EXCEPTIONNELLE TE SERA PROPOSÉE !
JE TE LE GARANTIS.
RODRIAS LE SAGE NE M'AURAIT QUAND MÊME PAS MENTI ?
IMPOSSIBLE ! J'AI REÇU UN AVIS DE QUÊTE !
IL Y A FORCÉMENT UN PASSAGE SECRET QUELQUE PART. RESTE À LE TROUVER !
FWIT
AH, REVOILÀ CE CANASSON DE MES DEUX !
TSS. IL A TOUJOURS PAS CLAMSÉ, CELUI-LÀ ?

FRRT
OH HISSE !
IL FAIT QUOI ?
ON DIRAIT QU'IL CHERCHE QUELQUE CHOSE...
GENRE UN PASSAGE SECRET ?
HOP-LÀ !
HI HI HIII ! AUSSITÔT QU'IL CANE, JE ME BARRE D'ICI.
SALETÉ...

SHLAC
AH !
HIII
HIII
HI HI HIII ! FREEDOM !
HUUU
SATANÉ CHEVAL !
HÉ ! ARRÊTE-TOI !

NON MAIS !
GNAR !
PAF
FRSH
FRSH
PFFT
DODOUM
ÇA T'APPRENDRA À...
WOUP
WOUP
CRR
CRR
CRR
OH ?

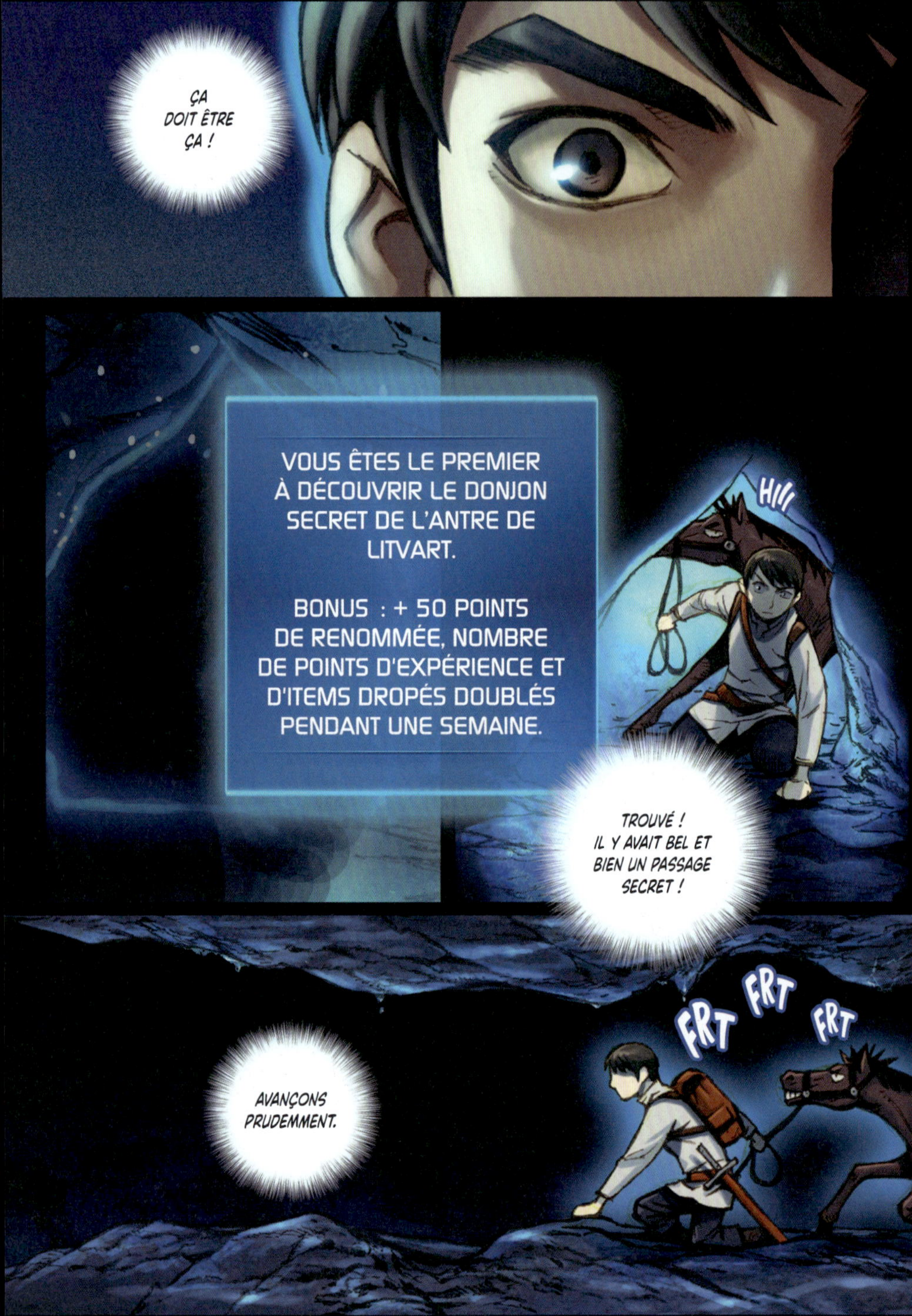
ÇA DOIT ÊTRE ÇA !
VOUS ÊTES LE PREMIER À DÉCOUVRIR LE DONJON SECRET DE L'ANTRE DE LITVART.
BONUS : + 50 POINTS DE RENOMMÉE, NOMBRE DE POINTS D'EXPÉRIENCE ET D'ITEMS DROPÉS DOUBLÉS PENDANT UNE SEMAINE.
HI!
TROUVÉ ! IL Y AVAIT BEL ET BIEN UN PASSAGE SECRET !
FRT FRT FRT
AVANÇONS PRUDEMMENT.

FWIP
HOULÀ...
ÇA SENT LE MOISI, LÀ-DEDANS.
LE SOL EST TOUT NOIR, LÀ-BAS...

SHHH
HEIN ?

!!
HII ! C'EST QUOI ÇA ?!
DE TOUTE ÉVIDENCE, C'EST UN MONSTRE...
MAIS C'EST LA PREMIÈRE FOIS QUE JE VOIS UN INSECTE DE CETTE TAILLE !
IL EST BALÈZE !
POUF
CRIIISH
!?
MINUTE... LE SOL EST RECOUVERT DE CES BESTIOLES !
TAC
TAC
TAC
TAC
TAC
TAC
TAC
TAC
TAC

STAC
SLASH
ÇA GROUILLE DE PARTOUT !
SLASH
TAP
MAIS ELLES CASSENT PAS TROIS PATTES À UN CANARD !
SLASH

GRRRL
PLOC PLOC PLOC PLOC
DES BÉBÉS ?!
ARGH
VLAAM
VLAN
ARF ! C'EST INTERMINABLE !
VLAN

SI SEULEMENT LES HOMMES DE MIDVALE ÉTAIENT LÀ, ON SE SERAIT DÉBARRASSÉS DE CES VERMINES EN UN RIEN DE TEMPS !
SHLAC
MANGE ÇA !
CLANG
OH ?

UGH !
SHHH
BIP
BIP
C'EST QUOI, ÇA ?
VOUS AVEZ INGÉRÉ DU POISON !
BIP
BIP
OUILLE... MA TÊTE !
-1
-1
VOS POINTS DE VIE DIMINUENT !
BIP
BIP
JE PERDS 1 PV PAR SECONDE !
-1
BIP
ET JE N'AI PAS D'ANTIDOTE SOUS LA MAIN !
BIP
-1

BORDEL !
TAP
ON VA VOIR LEQUEL DE NOUS DEUX CRÈVERA LE PREMIER !
BAM
BAM
VLAM
SCRRR
ENCORE UN PEU !

URGH !
SI SEULEMENT J'AVAIS UNE COMPÉTENCE DIGNE DE CE NOM !
GRAAR
JE VAIS VRAIMENT MOURIR COMME ÇA ?

ÇA ME FAIT PENSER...
LA LAME SCULPTRICE...
IL FAUDRAIT QUE JE L'UTILISE POUR VOIR DE QUOI IL S'AGIT EXACTEMENT...
MAIS PAS N'IMPORTE COMMENT. LE COÛT EN MANA EST ÉNORME.
EST INVISIBLE OU INTANGIBLE CETTE TECHNIQUE SECRÈTE DE ZAHAB SE TRANSMET À LA PERSONNE QUI Y EST DESTINÉE.
COÛT EN MANA PAR SECONDE : 50 POINTS.
À L'HEURE ACTUELLE, MON MANA ME PERMETTRAIT DE TENIR 2 SECONDES MAX...
POURQUOI N'Y AI-JE PAS PENSÉ PLUS TÔT ?
BOUM
J'EN AI UNE, DE COMPÉTENCE !

ÇA PASSE OU ÇA CASSE !
LAME SCULPTRICE !
SWASH

CHAPITRE 21

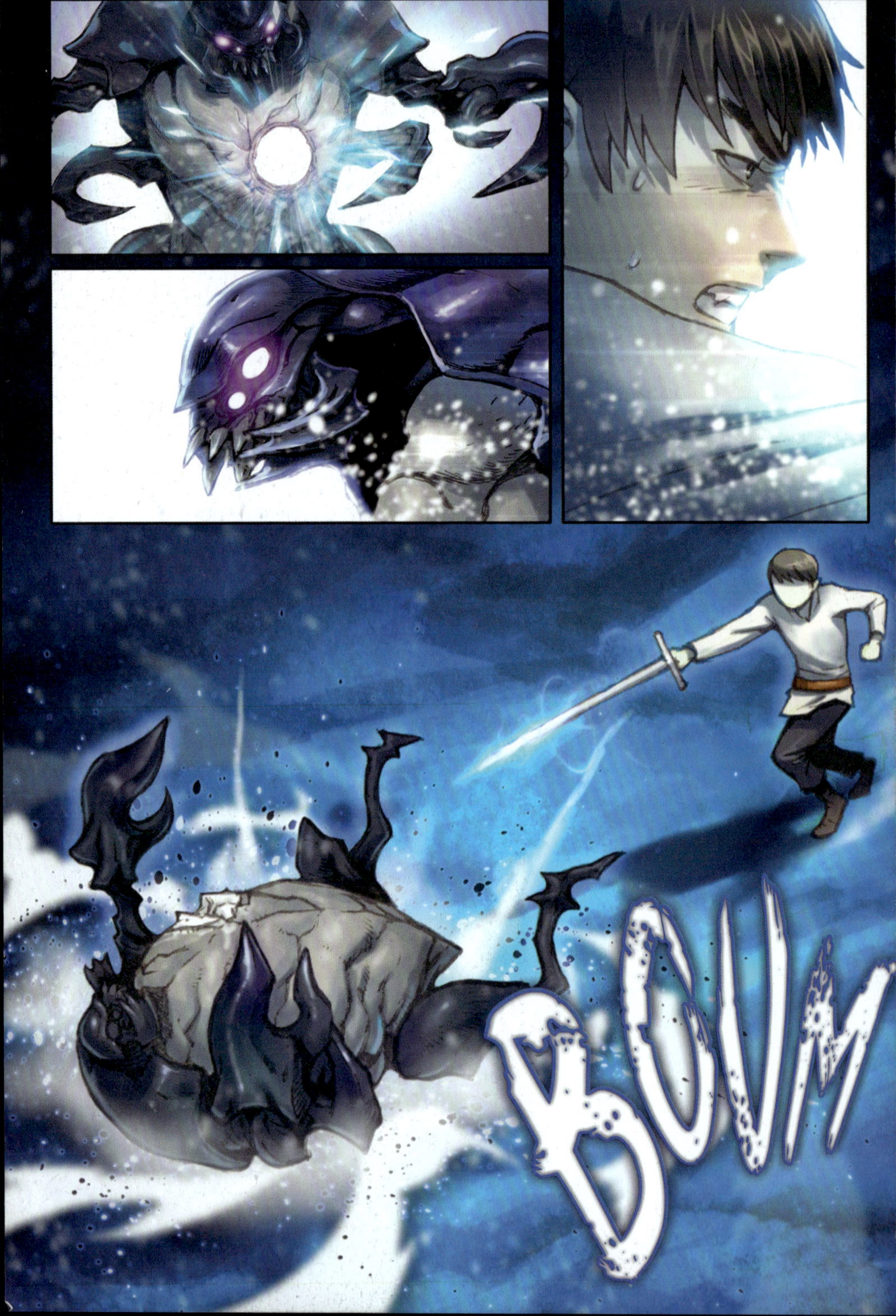
BOUM

PFIOU ! C'ÉTAIT MOINS UNE !
[VOUS PASSEZ AU NIVEAU SUPÉRIEUR.]
-1
OH ?
-1
-1
PSHHH
FENÊTRE D'INFORMATION DE LA QUÊTE !
DING
-1
[MISSION D'ÉRADICATION DANS L'ANTRE DE LITVART]
100 MONSTRES SONT TAPIS DANS L'ANTRE DE LITVART.
ÉRADIQUEZ-LES TOUS ET PROUVEZ VOTRE VALEUR. UNE NOUVELLE VOIE S'OUVRIRA À VOUS.
MONSTRES RESTANTS : 99
DING
MONSTRES RESTANTS : 99
ENFIN !

PAS DE DOUTE, JE SUIS AU BON ENDROIT. IL S'AGISSAIT BIEN DE CES INSECTES.
GNAP
DE CES GROS INSECTES...
FRRT
FRRT
-1
-1
JE VAIS ENFIN POUVOIR EN FINIR AVEC...
DING
QUOI ? LE POISON CONTINUE DE FAIRE EFFET ?
-1
-1
-1
IL ME FAUT UN ANTIDOTE ! ÇA URGE !
DING
DING

OÙ EST PASSÉ L'AUTRE BÂTÉ DE... AH, LE VOILÀ !
QU'EST-CE QU'IL FICHE ?
HIII :'(IL M'A ENCORE RETROUVÉ...
JE NE PEUX PAS APPELER LES AUTRES JOUEURS AU SECOURS !
ILS VOUDRAIENT SAVOIR COMMENT JE M'Y SUIS PRIS POUR FINIR EMPOISONNÉ DANS UNE GROTTE OÙ ON NE TROUVE QUE DES KOBOLDS ET DES GOBELINS.
AVANCE, ALLEZ !

UN VILLAGE !
EMMÈNE-MOI JUSQU'AU VILLAGE LE PLUS PROCHE.
SINON JE VAIS Y PASSER...
HIII
-1
TAP
BOUING!
-5
BAH !
POF
...
HEIN ?
J'AI VOLÉ ?
SALE BÊTE ! MES HEURES SONT COMPTÉES !
C'EST TON PROBLÈME, PRR !

PUISQUE C'EST COMME ÇA...
HÉ HÉ HÉ HÉ
TU L'AURAS VOULU !
OH NON... HIII !
SLASH
HÉ HÉ HÉ HÉ HÉ HÉ HÉ HÉ
LE POISON L'A RENDU CINGLÉ ? HIII !

HA
HA
HA
HA
HA
HA
HEIN ? EH ?
TCHAC
URGH!
BEURK ! ÇA VA PAS, LA TÊTE ?
-1

VOTRE FICHU CANASSON A ÉTÉ EMPOISONNÉ.
ON EST DÉSORMAIS DANS LE MÊME BATEAU.
HUFF
HUFF
FWIT
TU SAIS CE QU'IL TE RESTE À FAIRE, PAS VRAI ?
SNIF
HUFF
HUFF
HUFF
HUFF
HUFF

GLOU
GLOU
HUFF
HUFF
LES EFFETS DU POISON ONT ÉTÉ ANNULÉS.
POUAH !
J'AI VIDÉ PRESQUE TOUTE MA TIRELIRE POUR DES ANTIDOTES ET DES HERBES MÉDICINALES...
GLOU
GLOU
GLOU
ÇA DEVRAIT LE FAIRE !
CLING

SLASH
NON SEULEMENT CET ENDROIT ÉTAIT BIEN PLANQUÉ...
TCHAC
TCHAC
73
TRES RESTANTS : 72
ONSTRES RESTANTS : 54
MAIS J'AI BEAU AVOIR DÉPASSÉ LE NIVEAU 60, JE GALÈRE À VAINCRE CES MONSTRES !
REPLI TACTIQUE !
MONSTRES RESTANTS : 27

SHLAC
ONSTRES RESTANTS : 14
C'EST PAS CE QUE J'APPELLE UNE QUÊTE DE CLASSE !
ENFIN, SI JE TRIME AUTANT, C'EST QUE ÇA DOIT VALOIR LE COUP !
ONSTRES RESTANTS : 8
WOUSH
MA CLASSE ME RAPPORTERA GROS, C'EST SÛR !
RESTANTS : 3

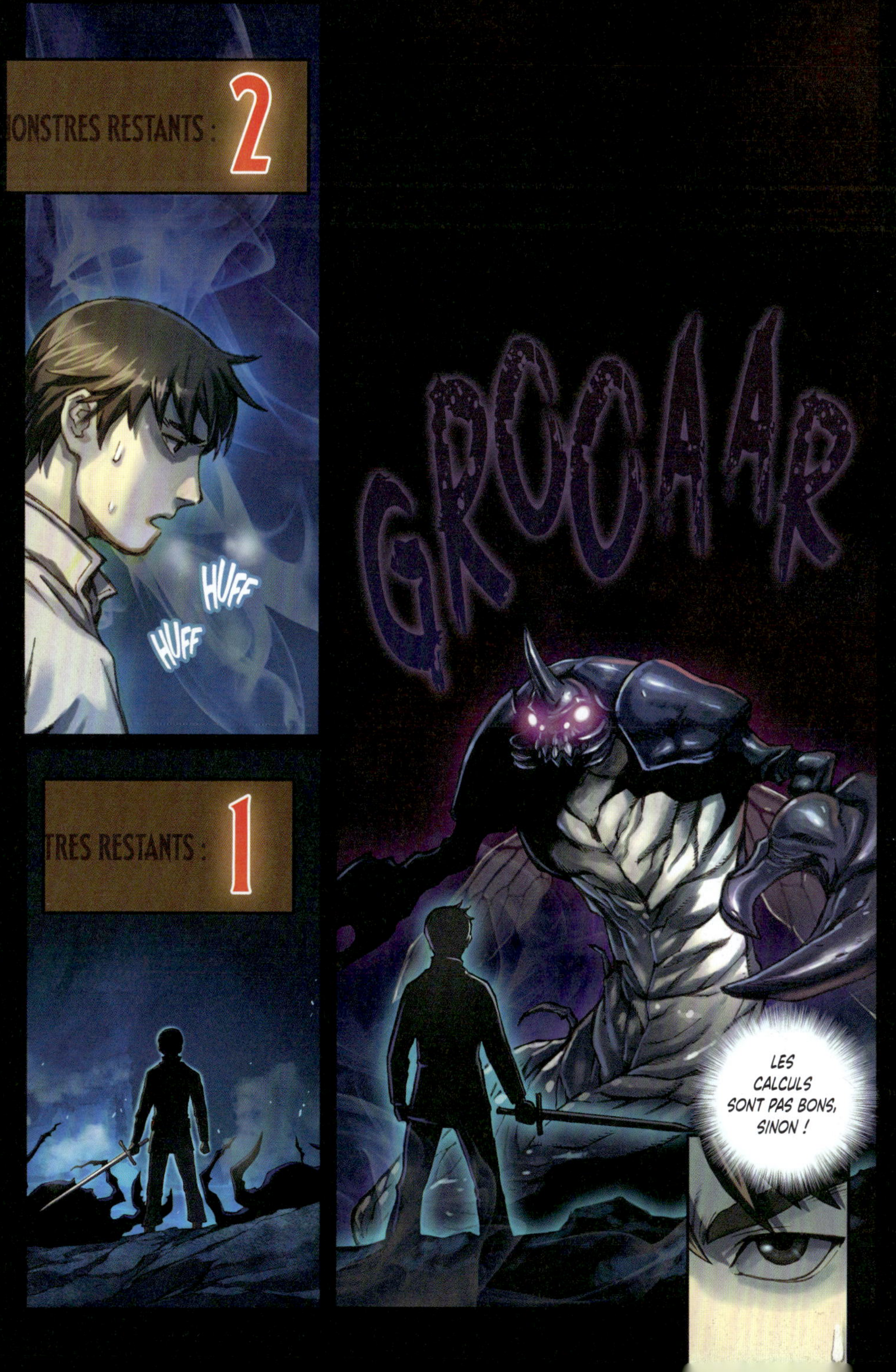
IONSTRES RESTANTS : 2
HUFF
HUFF
TRES RESTANTS : 1
GROOAAR
LES CALCULS SONT PAS BONS, SINON !

CHAPITRE 22

JE VAIS TE FAIRE MORDRE LA POUSSIÈRE !
CLIP
CLOP
TAP
SHHH
TAC
TAC
TAC
TAC
TAC
TAC
TAC

ENCORE CES MORPIONS !
STAC
STAC
STAC
STAC
JE DOIS ME CONCENTRER SUR LE PLUS GROS ET TROUVER UNE OUVERTURE !
BAM
BAM
SLASH
DU POISON ?!
EST-CE QUE JE PRENDS LE RISQUE DE LE RESPIRER ? APRÈS TOUT, J'AI DES ANTIDOTES DANS MON SAC.
GRR

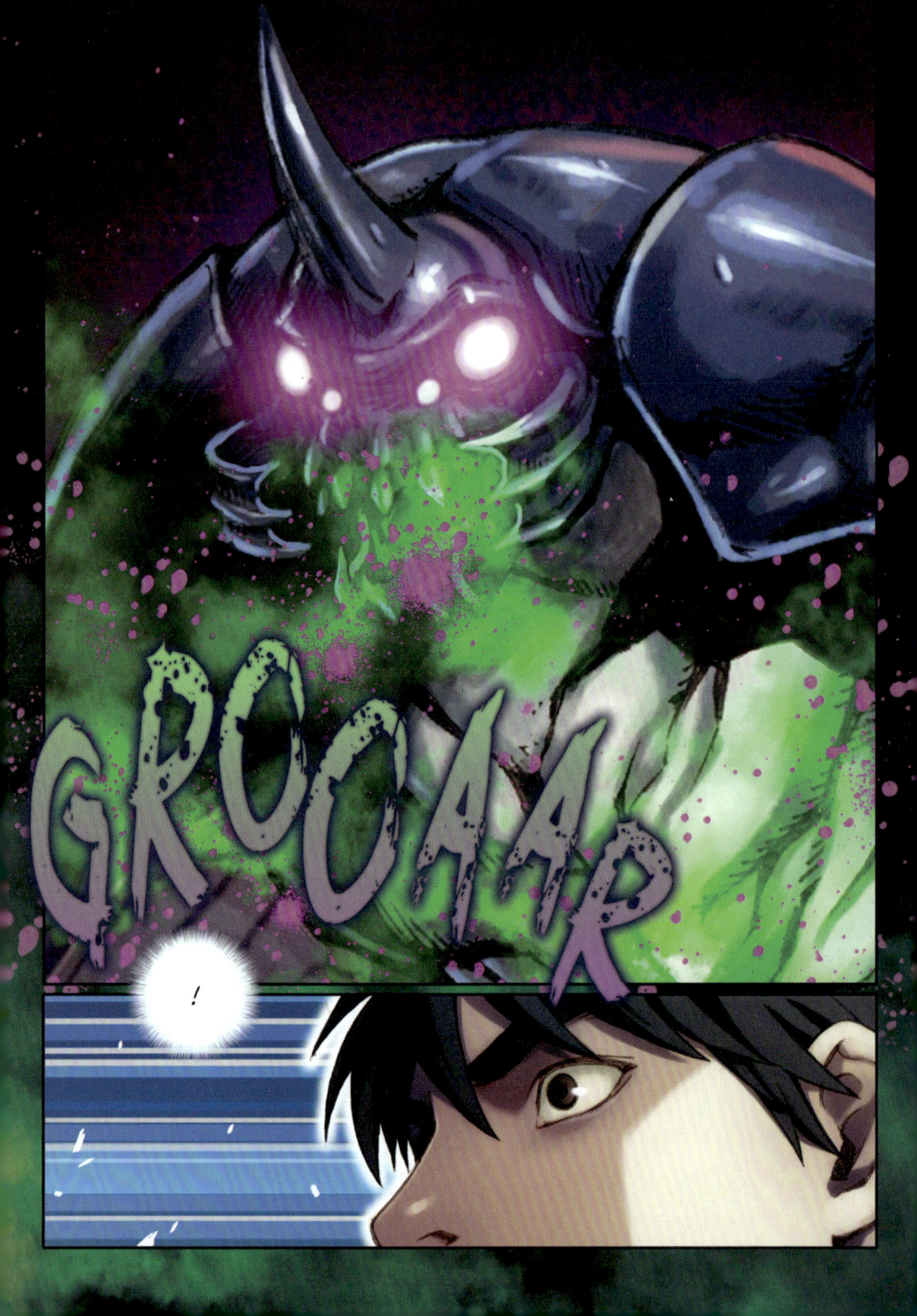
GROOAAR
!

PSHHH
SCRIIISH
PSHWAAA

WOUSH
SHWAAAA
KIIEEK
CE NUAGE-LÀ EST HYPER CORROSIF !
JE ME DISAIS BIEN QUE LA COULEUR ÉTAIT DIFFÉRENTE... HEUREUSEMENT QUE JE L'AI ÉVITÉ !
SHHH
JE VAIS DEVOIR L'ATTAQUER À DISTANCE...
SAUF QUE MES FLÈCHES N'ENTAILLERONT PAS SA CARAPACE SI MON ÉPÉE N'Y EST PAS PARVENUE...
SHHH

WOUSH
WOUSH
OUPS !
BOUM
IL N'Y A QU'AVEC LA LAME SCULPTRICE QUE J'ARRIVERAI À LA TRANSPERCER !
PSHWAAA

ENCORE FAUT-IL QUE J'ARRIVE À ME RAPPROCHER EN ÉVITANT CE POISON...
TAP
TAP
TAP
IL A UN TEMPS DE RÉCUPÉRATION ENTRE DEUX EXPIRATIONS.
JE VAIS DEVOIR EN PARER UNE ET PROFITER DE CET INTERVALLE POUR ATTAQUER !
C'EST ÇA...
BRR
BRR
ZIING
HEIN ?
IL ME SUFFIT D'ESQUIVER UNE DE SES ATTAQUES !

SHWAAAA
PHAAAA

CATACLOP
CATACLOP
HIII !
TAP
C'EST DE LA FOLIE ! IL EST COMPLÈTEMENT TARÉ ! HIII !
DÉSOLÉ, MON GROS...
QUOIQUE NON, JE NE SUIS PAS DÉSOLÉ DU TOUT.
CATACLOP
URGH !
SHH

PSHHH
NICKEL !
DANSE FOLLE DE LA LAME SCULPTRICE !

BOUM
J'AI RÉUSSI !
WOUSH

LA RÉCOMPENSE DE LA QUÊTE !
HEIN ? TOUT ÇA POUR TROIS BOUQUINS ET UN PARCHEMIN ?
À TOI, SUCCESSEUR DE L'EMPEREUR LÉGENDAIRE.
JE SUIS GEIHAR VON ARPEN, PREMIER EMPEREUR À AVOIR UNIFIÉ LE CONTINENT.
TOUTEFOIS, L'AMERTUME ME GAGNE AU CRÉPUSCULE DE MA VIE. PERSONNE NE SEMBLE CONSCIENT DES TOURMENTS QUI L'ONT PONCTUÉE. NUL NE RECONNAÎT MES ACCOMPLISSEMENTS !
POURQUOI NE COMPRENNENT-ILS PAS LA VALEUR DE MA CLASSE ? POURQUOI TANT DE DÉDAIN ET DE MÉPRIS ?
FERMÉS D'ESPRIT ET PÉTRIS DE PRÉJUGÉS, TOUS ONT REFUSÉ DE PRENDRE MA RELÈVE. Y COMPRIS MES PROPRES ENFANTS.
CES INGRATS, CES IDIOTS, NE MÉRITENT PAS DE ME SUCCÉDER.
C'EST DONC À TOI QUE JE LÈGUE MES SECRETS.
L'EMPEREUR GEIHAR VON ARPEN ?!

C'EST L'HOMME QUI A UNIFIÉ LE CONTINENT !
DING
QUÊTE DE CLASSE ACCOMPLIE
QU'EST-CE QUI LEUR A PRIS À TOUS DE SE MOQUER DE LA CLASSE D'UN HÉROS DE SA TREMPE ?!
QUÊTE DE CLASSE ACCOMPLIE.
VOULEZ-VOUS OBTENIR LA CLASSE SECRÈTE LIÉE À CETTE QUÊTE ?
SI VOUS CHOISISSEZ CETTE CLASSE, VOUS POURREZ ACQUÉRIR DES COMPÉTENCES SPÉCIALES AUXQUELLES LES CLASSES ORDINAIRES N'ONT PAS ACCÈS.
CHOISISSEZ-VOUS CETTE CLASSE ?
(OUI / NON)
UNE CLASSE SECRÈTE LIÉE À LA QUÊTE ?!
C'EST SÛREMENT LA CLASSE DE L'EMPEREUR !
Y A PAS À HÉSITER !
YES !
YES !
YES !
J'ACCEPTE !
TIP

FLAASH
DING
NOTIFICATION ▶
HÊ HÊ HÊ HÊ
QUELLE CLASSE EST-CE QUE ÇA PEUT BIEN ÊTRE !
NOTIFICATION ▶
TIP

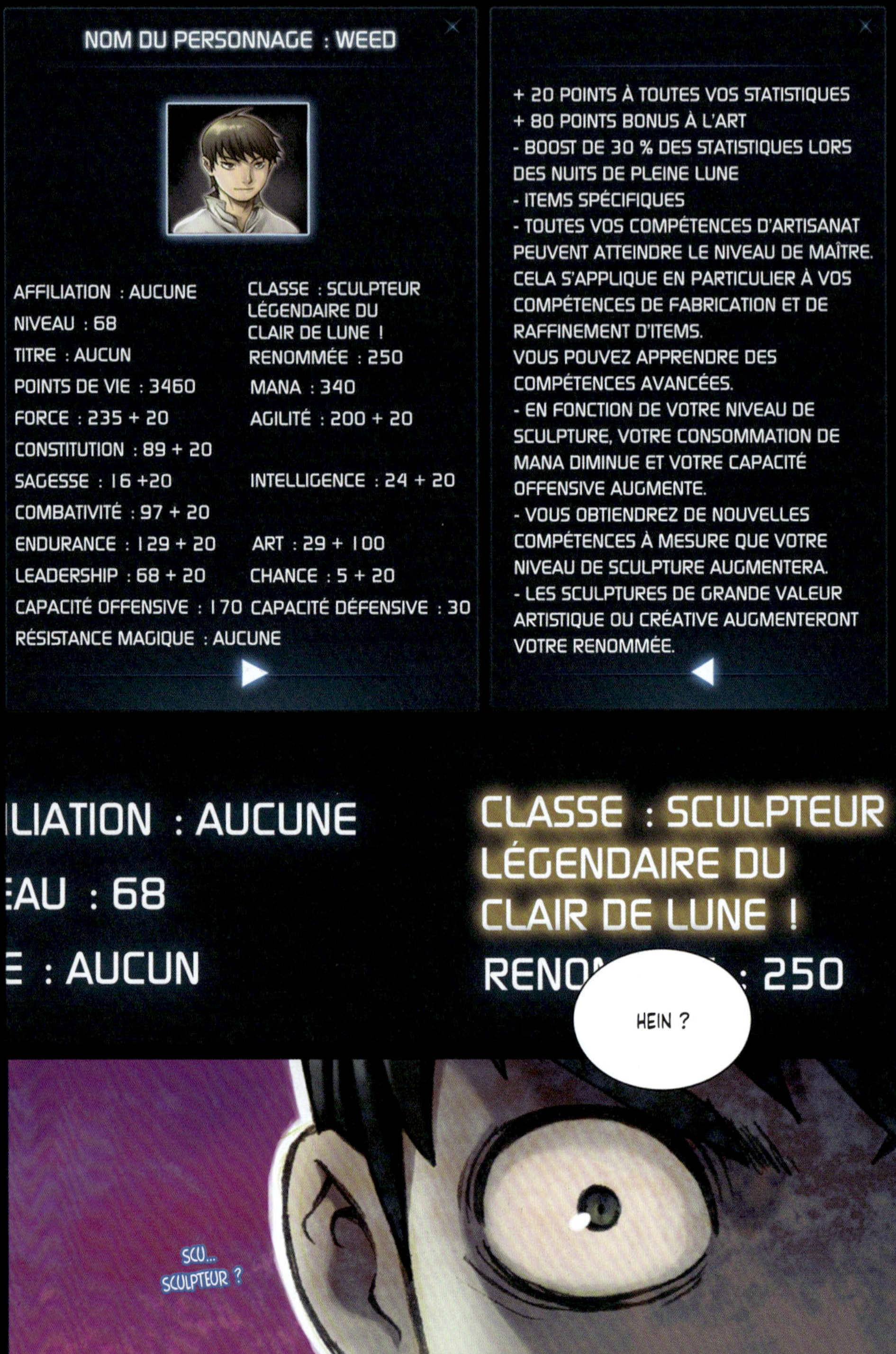
NOM DU PERSONNAGE : WEED
AFFILIATION : AUCUNE
NIVEAU : 68
TITRE : AUCUN
POINTS DE VIE : 3460
FORCE : 235 + 20
CONSTITUTION : 89 + 20
SAGESSE : 16 +20
COMBATIVITÉ : 97 + 20
ENDURANCE : 129 + 20
LEADERSHIP : 68 + 20
CAPACITÉ OFFENSIVE : 170
RÉSISTANCE MAGIQUE : AUCUNE
CLASSE : SCULPTEUR LÉGENDAIRE DU CLAIR DE LUNE !
RENOMMÉE : 250
MANA : 340
AGILITÉ : 200 + 20
INTELLIGENCE : 24 + 20
ART : 29 + 100
CHANCE : 5 + 20
CAPACITÉ DÉFENSIVE : 30
+ 20 POINTS À TOUTES VOS STATISTIQUES
+ 80 POINTS BONUS À L'ART
- BOOST DE 30 % DES STATISTIQUES LORS DES NUITS DE PLEINE LUNE
- ITEMS SPÉCIFIQUES
- TOUTES VOS COMPÉTENCES D'ARTISANAT PEUVENT ATTEINDRE LE NIVEAU DE MAÎTRE. CELA S'APPLIQUE EN PARTICULIER À VOS COMPÉTENCES DE FABRICATION ET DE RAFFINEMENT D'ITEMS.
VOUS POUVEZ APPRENDRE DES COMPÉTENCES AVANCÉES.
- EN FONCTION DE VOTRE NIVEAU DE SCULPTURE, VOTRE CONSOMMATION DE MANA DIMINUE ET VOTRE CAPACITÉ OFFENSIVE AUGMENTE.
- VOUS OBTIENDREZ DE NOUVELLES COMPÉTENCES À MESURE QUE VOTRE NIVEAU DE SCULPTURE AUGMENTERA.
- LES SCULPTURES DE GRANDE VALEUR ARTISTIQUE OU CRÉATIVE AUGMENTERONT VOTRE RENOMMÉE.
ILIATION : AUCUNE
EAU : 68
E : AUCUN
CLASSE : SCULPTEUR LÉGENDAIRE DU CLAIR DE LUNE !
RENO : 250
HEIN ?
SCU... SCULPTEUR ?

C'EST QUOI...
CES CONNERIES ?!
NOM DU PERSONNAGE : WEED
AAARGH

CHAPITRE 23

RODRIAS
The Wise Man
HO HO...
TAP
TAP
TU ES DONC PARVENU À FINIR CETTE QUÊTE.
NE TE VOYANT PAS REVENIR, JE COMMENÇAIS À M'INTERROGER...
HMPF
C'EST INATTENDU...

OUI, J'AI RÉUSSI.
C'ÉTAIT LABORIEUX.
PFF ~
C'EST QUOI...
CES CONNERIES ?!
SCULPTEUR DU CLAIR DE LUNE...
SÉRIEUX ?
APRÈS TOUT LE MAL QUE JE ME SUIS DONNÉ ?
COMME SI LE "LÉGENDAIRE" COLLÉ AU MILIEU ALLAIT AIDER À FAIRE PASSER LA PILULE !
CETTE CLASSE RAPPORTE QUE DALLE !
AU... SECOURS...
MOI, SCULPTEUR ?! C'EST DU FOUTAGE DE GUEULE ! J'EN REVIENS PAS... BOUHOU...

ÇA SE CONFIRME ! L'UNIVERS PEUT PAS ME BLAIRER ! C'EST INJUSTE !
FWIP
FWIP
C'EST TOUT CE QUE JE GAGNE...
APRÈS AVOIR CRAVACHÉ COMME UN DAMNÉ ?!
FWIP
FWIP
HÉ OH... JE VAIS RENDRE L'ÂME...
FWISH
NON ! ÇA NE DOIT PAS ÊTRE SI TERRIBLE.
APRÈS TOUT, IL S'AGIT D'UNE CLASSE SECRÈTE !
MANIFESTEMENT, ELLE EST PLEINE DE MYSTÈRES.
DU MOMENT QUE J'ARRIVE À TIRER PARTI DE CETTE CLASSE AU MAXIMUM, JE M'EN SORTIRAI.
MAIS SI JE ME RATE... ÇA POURRAIT ÊTRE PIRE QU'UNE CLASSE ORDINAIRE.
AVANT TOUT, FINISSONS DE LIRE ÇA.
AHEM

J'AIME LES BELLES SCULPTURES.
LES ŒUVRES DANS LESQUELLES JE METS TOUTE MON ÂME NE ME TRAHISSENT JAMAIS.
L'AFFECTION QUE JE LEUR INSUFFLE M'EST RETOURNÉE SOUS FORME DE LOYAUTÉ.
DIRE QUE PERSONNE NE M'A CRU !
IL LEUR ÉTAIT INCONCEVABLE QU'UN SCULPTEUR D'ORIGINE MODESTE VENU DE LA CAMPAGNE AIT PU UNIFIER LE CONTINENT !
À MON SUCCESSEUR.
À TOI QUI REPRENDRAS MON FLAMBEAU.
SACHE QUE LA ROUTE QUI T'ATTEND EST LONGUE ET SEMÉE D'EMBUCHES.
SI CENT HOMMES S'Y HASARDAIENT, TOUS FERAIENT DEMI-TOUR. MILLE HOMMES N'Y PARVIENDRAIENT PAS DAVANTAGE.
PARMI CES DIZAINES, CES CENTAINES DE MILLIERS D'HOMMES, Y EN AURA-T-IL UN QUI COMPRENDRA MA VOLONTÉ ?
CHER SUCCESSEUR,
N'ABANDONNE JAMAIS, QUOI QU'IL EN COÛTE.
LA RÉCOMPENSE QUI T'EST PROMISE SERA À LA HAUTEUR DE LA DIFFICULTÉ DE LA TÂCHE.
MAÎTRE SCULPTEUR !
JE TE SOUHAITE DE PERCER LES DERNIERS SECRETS QUE RENFERME L'ART DE LA SCULPTURE.
C'EST LÀ LE VŒU LE PLUS CHER DE TOUS CEUX QUI S'ENGAGENT SUR CETTE VOIE.
SUR CE, JE T'OFFRE CES QUELQUES PRÉSENTS.
FAITS-EN BON USAGE.
- GEIHAR VON ARPEN,
L'HOMME QUI A UNIFIÉ LE CONTINENT PAR L'ART DE LA SCULPTURE.
LES SECRETS DE L'ART DE LA SCULPTURE...
VOYONS CE QUE RENFERME CE COFFRE.
ANALYSE DES ITEMS !
CET ÉLIXIR ACCROÎT MON MANA DE 200 POINTS ?
C'EST UN ITEM RARE ! ULTRA-RARE, MÊME !
ÉLIXIR IMPÉRIAL
DING

LE MANUEL SECRET D'ESCRIME DE LA FAMILLE IMPÉRIALE VON ARPEN ?!
EN PLUS D'UN LIVRE DE COMPÉTENCES RARE ET UN MANUEL DE RANG 1 ?!
HUM
SA MAJESTÉ NE S'EST PAS FICHUE DE MOI.
ADIEU, LES TECHNIQUES DE NOOBS À L'ARC ET À L'ÉPÉE !
ACQUISITION !
FLASH
[VOUS AVEZ OBTENU "L'ART DE L'ÉPÉE IMPÉRIALE".]
DING
MAÎTRISE DE L'ART : 0 %
ACQUISITION TERMINÉE ! VOYONS CE QUE ÇA DONNE.
WIP
WIP

ART DE L'ÉPÉE IMPÉRIALE
MÉTHODE D'ESCRIME CRÉÉE PAR L'EMPEREUR GEIHAR VON ARPEN À L'INTENTION DES SCULPTEURS.
CHAQUE FOIS QUE VOTRE NIVEAU DE SCULPTURE MONTE, VOTRE CAPACITÉ OFFENSIVE AUGMENTE DE 1 %.
CET ART COMPORTE CINQ MOUVEMENTS, UNE TECHNIQUE DE RESPIRATION ET UNE AUTRE DE DÉPLACEMENT.
UN ART QUE SEULE LA LIGNÉE IMPÉRIALE MAÎTRISAIT. IL EST SANS DOUTE TRÈS PUISSANT, MAIS...
OH ?
C'EST UNE BLAGUE ?
NV 1
CONSOMMATION : 300 MP
300 POINTS DE MANA RIEN QUE POUR LE PREMIER MOUVEMENT ? J'IMAGINE PAS CE QUE COÛTENT LES AUTRES...
CET ART EST PRESQUE INUTILISABLE, MÊME EN AVALANT L'ÉLIXIR IMPÉRIAL !
MA FIN EST PROCHE...

VU LES EFFORTS QUE J'AI DÛ DÉPLOYER, J'AVOUE ÊTRE DÉÇU.
HAA
DZZT
GLOUPS
J'AI TROUVÉ ÇA DANS LA GROTTE.
ÇA A ÉTÉ RÉDIGÉ...
DE LA MAIN DE SA MAJESTÉ L'EMPEREUR...
...
IL EST BIEN SÉRIEUX, TOUT À COUP...

J'EN DÉDUIS QUE C'EST LE DESTIN QUI T'A MIS SUR MA ROUTE. J'AI QUELQUE CHOSE POUR TOI.
UN CADEAU ?!
FWIT
HI HI
CET ARTEFACT APPARTENAIT À SA MAJESTÉ GEIHAR.
C'ÉTAIT À L'EMPEREUR ?
CETTE STATUETTE A UNE SIGNIFICATION PARTICULIÈRE ?
MA FAMILLE APPARTIENT À LA LIGNÉE DES VON ARPEN.
LE SANG DE L'EMPEREUR ET SON SENS DU DEVOIR COULENT DANS MES VEINES.
L'HEURE EST VENUE POUR MOI DE TE LÉGUER SA VOLONTÉ ET D'ENFIN GOÛTER À LA LIBERTÉ.

ÇA ME FAIT PENSER QUE ZAHAB AUSSI A LAISSÉ UNE STATUETTE EN BOIS.
J'IGNORE LE SECRET QUE RENFERME CET ARTEFACT.
MAIS D'APRÈS LA LÉGENDE, LES CINQ MAÎTRES SCULPTEURS DU CONTINENT ONT CHACUN SCELLÉ LEURS TECHNIQUES DANS UN OBJET SIMILAIRE.
ON RACONTE QU'IL FAUT LES RASSEMBLER ET LES DÉVERROUILLER POUR RÉSOUDRE LES SECRETS DE L'ART DE LA SCULPTURE. JE SOUPÇONNE CETTE STATUETTE D'ÊTRE L'UNE D'ENTRE EUX.
BIEN SÛR, IL S'AGIT DE SIMPLES SPÉCULATIONS.
JE NE SAVAIS PAS QUE CES STATUETTES RENFERMAIENT PAREILLE ÉNIGME.
WOUAH ~
MAINTENANT QUE TU T'ES ENGAGÉ SUR CETTE VOIE, JE PRIE POUR QUE TU AILLES JUSQU'AU BOUT.
IL Y A LONGTEMPS QUE NOTRE MONDE N'A PLUS CONNU DE GRAND SCULPTEUR. MAIS SI TU Y PARVIENS, TU SERAS EN MESURE DE CHANGER LE DESTIN DU CONTINENT.
J'AVOUE M'ÊTRE PAYÉ TA TÊTE EN TE CONFIANT CETTE QUÊTE...
MAIS TOUT CE QUE JE T'AI RACONTÉ AUJOURD'HUI EST LA VÉRITÉ.

JE VOIS.
VOUS ADMETTEZ M'AVOIR ROULÉ DANS LA FARINE.
MA FOI... HA HA HA...
5 PIÈCES D'ARGENT PAR STATUETTE !
TU ME FAIS UN PRIX SI J'EN PRENDS DEUX ?
EN FIN DE COMPTE, LA SCULPTURE, CE N'EST PEUT-ÊTRE PAS SI MAL.

UN RABAIS ? CE SERAIT UN AFFRONT À LA PROFESSION.
J'AI CHOISI UNE VOIE PEU EMPRUNTÉE.
MERCI ! AU PLAISIR DE VOUS REVOIR !
ET JE ME SUIS PRIS D'INTÉRÊT POUR CET ART.
JE VAIS PROFITER DE MON TEMPS LIBRE POUR M'ENTRAÎNER.
FRT
FRT
FRT
FRT
MAÎTRISE DU NIVEAU 4 DE L'ART DE LA SCULPTURE : 98 %
DING
FRT
J'Y SUIS PRESQUE, MAIS LES 2 % RESTANTS ME DONNENT DU FIL À RETORDRE.
FRT
FRT
FRT
FRT
TADAM !
ET VOILÀ MA CENTIÈME STATUETTE !
MAIS À CE TRAIN-LÀ, IL VA M'EN FALLOIR CINQUANTE DE PLUS POUR LEVEL UP...

GYAH !
C'EST QUOI SON PROBLÈME ?
BROUHAHA
REGARDE OÙ TU VAS !
BROUHAHA
HOULÀ !
ON DIRAIT QU'IL VIENT DANS CETTE DIRECTION...
GRR
GRR
J'AI UNE FAVEUR À TE DEMANDER !
FWIP
PLAÎT-IL ?

CHAPITRE 24

TU PRENDS LES COMMANDES POUR TES STATUETTES ?
DIS OUI ! JE T'EN SUPPLIE !
TAC
OUILLE
-I PV
QU'EST-CE QU'IL Y A DE SI URGENT ?
FWIP
S'IL TE PLAÎT.
J'AI BESOIN D'UNE DE TES STATUETTES POUR FAIRE MA DEMANDE EN MARIAGE.
TU T'ES TROUVÉ UNE COPINE AVEC CETTE TÊTE ?
UNE DEMANDE EN MARIAGE ?
JE SUIS AMOUREUX D'UNE FEMME.
C'EST POUR ELLE QUE J'AI COMMENCÉ CE JEU. JE VOULAIS ÊTRE À SES CÔTÉS.
QUAND ELLE A CHOISI LA CLASSE DE CLERC, J'AI DÉCIDÉ DE DEVENIR PALADIN POUR LA PROTÉGER.

PALADIN, AVEC CETTE TÊTE ?
PENDANT SEPT ANS, NOUS AVONS JOUÉ ENSEMBLE ET COMBATTU CÔTE À CÔTE.
NOTRE AMOUR A GRANDI DE JOUR EN JOUR. ENCORE AUJOURD'HUI, LE SIMPLE FAIT DE LA VOIR M'EMPLIT DE BONHEUR.
MINUTE ! L'ILLUSTRATION NE COLLE PAS À LA DESCRIPTION !
ET DONC ?

SEPT ANS ONT PASSÉ.
IL EST TEMPS QUE JE LUI DEMANDE SA MAIN.
IL ME FAUT DONC UN CADEAU DONT ELLE SE SOUVIENDRA À TOUT JAMAIS !
BAM
TU MARQUES DÉJÀ BIEN LES ESPRITS. Y A PEU DE CHANCE QU'ELLE OUBLIE QUOI QUE CE SOIT...
HMM...
FRT FRT
AU LIEU D'UNE FLEUR QUI SE FANE, J'AIMERAIS LUI EN OFFRIR UNE QUI DURERA POUR L'ÉTERNITÉ.
ÇA RISQUE D'ÊTRE COMPLIQUÉ.
MAIS ÇA M'EMBÊTERAIT DE REFUSER SA REQUÊTE...
SCULPTES-EN-MOI UNE, S'IL TE PLAÎT !
BROUHAHA
BROUHAHA
HMM ?

WOUAH
QUEL ROMANTISME !
WOUAH
ON ESPÈRE QU'ELLE DIRA OUI !
COMME QUOI, FAUT PAS SE FIER AUX APPARENCES !
WOUAH
ON CROISE LES DOIGTS POUR TOI !
JE NE CROIS PAS AVOIR DIT OUI.
Y A PAS DE RAISON QU'IL REFUSE !
HÉ HÉ HÉ
CE TYPE MÉRITE VRAIMENT TOUS CES ENCOURAGEMENTS ?
ILS NE ME LAISSENT PAS VRAIMENT LE CHOIX.
FWIP
FWIT
PAS LA PEINE DE ME SUPPLIER À GENOUX. DEBOUT.
JE VAIS TE SCULPTER LA STATUETTE QUE TU VOUDRAS.
AH...

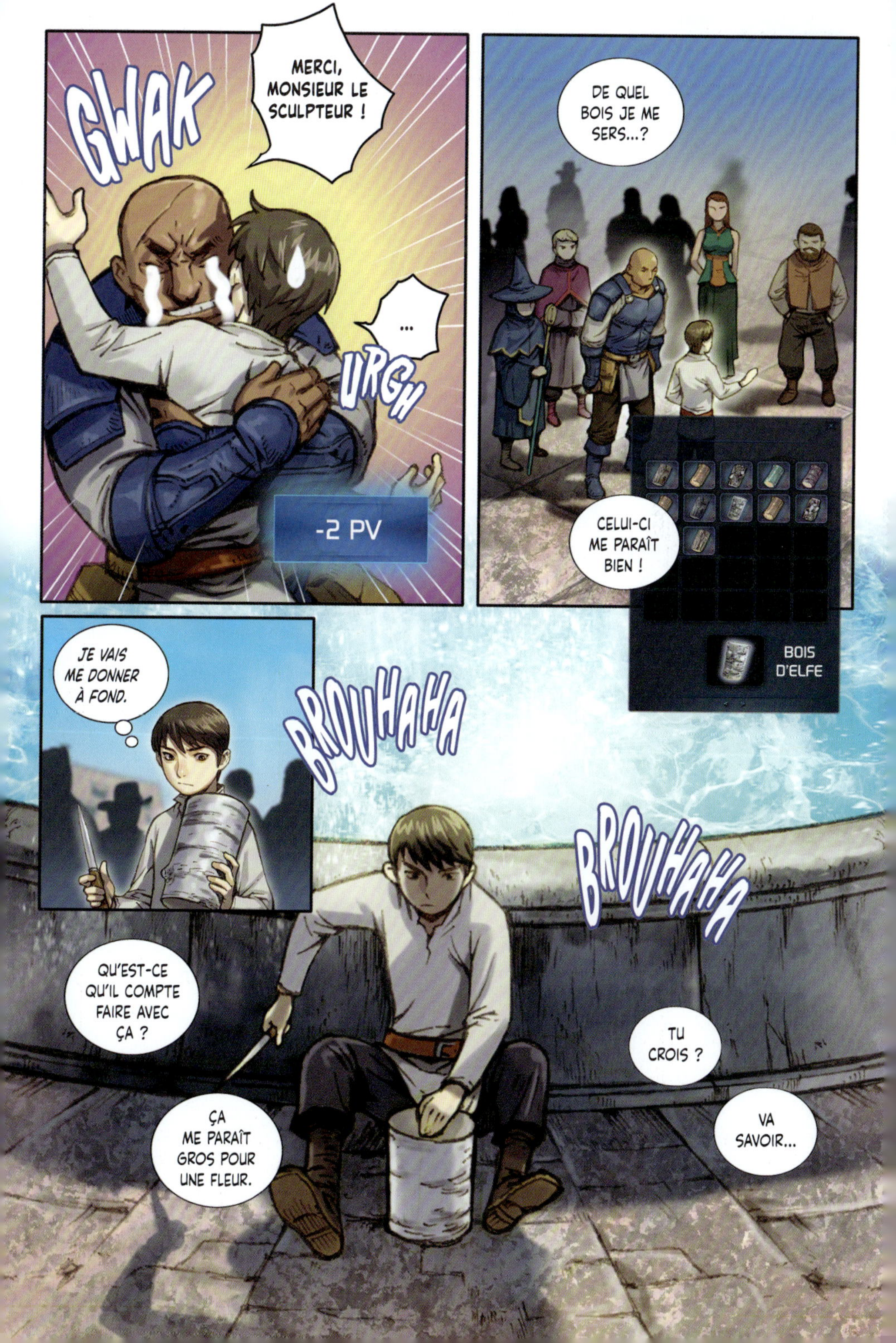
GWAK
MERCI, MONSIEUR LE SCULPTEUR !
...
URGH
-2 PV
DE QUEL BOIS JE ME SERS...?
CELUI-CI ME PARAÎT BIEN !
BOIS D'ELFE
JE VAIS ME DONNER À FOND.
BROUHAHA
BROUHAHA
QU'EST-CE QU'IL COMPTE FAIRE AVEC ÇA ?
ÇA ME PARAÎT GROS POUR UNE FLEUR.
TU CROIS ?
VA SAVOIR...

RÉFLÉCHISSONS.
QUOI...
ET COMMENT ?
LE PLUS SIMPLE SERAIT DE TAILLER UN PÉTALE APRÈS L'AUTRE.
MAIS IL FAUDRAIT LES RECOLLER ENSEMBLE. LES FINITIONS LAISSERAIENT À DÉSIRER.
FRRT
MAIS ÇA RISQUE D'ÊTRE COMPLIQUÉ DE LA FAIRE EN UN SEUL BLOC...
VOUS CROYEZ QU'IL VA RÉUSSIR ?

QUE SE PASSE-T-IL ICI ?
AH ! ÇA Y EST, ÇA COMMENCE !
STUPÉFIANT !
JE NE M'ATTENDAIS PAS À ÇA !
IL Y A DE PLUS EN PLUS DE MONDE...
J'ESPÈRE QU'IL VA Y ARRIVER...
COURAGE !
UNE FOULE ÉNORME S'EST AMASSÉE !
QU'EST-CE QU'IL ATTEND POUR CONTINUER ?
APPAREMMENT, IL SCULPTE UNE FLEUR.
FRITES DE POULPE À DÉGUSTER ! VENEZ VOUS REMPLIR LA PANSE !
IL SE PASSE QUOI ?

SI JE ME FOIRE DEVANT TOUT CE MONDE, MA RÉPUTATION DE SCULPTEUR EN PRENDRA UN COUP !
TCHAC
TCHAC
TCHAC
LE PRIX DE MES STATUETTES DÉGRINGOLERA !
TCHAC
TCHAC
TCHAC
TCHAC
VOUS AVEZ RATÉ VOTRE SCUL
VOTRE IRRATIONNALITÉ AUGMENTE DE 1 POINT.
TOUT ÇA POUR ÇA ?
REVIENS !
GROS RATÉ
L'ÉCHEC EST INENVISAGEABLE !
FRRT
FRRT
FRT
FRT
JE DOIS RÉUSSIR...
FRRT
FRRT
FRT
FRT
À TOUT PRIX !

TCHAC
TCHAC
FRT
TCHAC
FRT
TCHAC

CLING
AH...
J'EN CROIS PAS MES YEUX...
IL A SCULPTÉ ÇA ?

WOUAAAAH
INCROYABLE !
WOUAH
WOUAH
ÇA EN JETTE !
DING
NOUVEAU MESSAGE.
HEIN ?
SCULPTURE NIV 5
- VOUS AVEZ ATTEINT LE NIVEAU 5 EN SCULPTURE.
- VOUS AVEZ ATTEINT LE NIVEAU 10 EN DEXTÉRITÉ, QUI S'ÉLÈVE AU RANG INTERMÉDIAIRE. VOTRE CAPACITÉ OFFENSIVE AUGMENTE DE 30 % LORSQUE VOUS UTILISEZ VOS MAINS OU RECOUREZ À DES OUTILS. L'EFFET S'APPLIQUE À PLUSIEURS STATISTIQUES.
- VOUS AVEZ GAGNÉ 5 POINTS D'ART.
- VOTRE RENOMMÉE AUGMENTE D'1 POINT. LES POINTS DE RENOMMÉE GAGNÉS EN SCULPTANT PEUVENT ÊTRE PERDUS EN RATANT VOS SCULPTURES.
C'EST QUOI, ÇA ?
J'ÉTAIS BLOQUÉ AU NIVEAU 4 ET IL A SUFFI D'UNE STATUETTE POUR PASSER AU NIVEAU SUPÉRIEUR ?
AH, JE COMPRENDS MIEUX !
PFF !

JE DOIS CRÉER DES STATUETTES UNIQUES AU LIEU DE REPRODUIRE TOUJOURS LES MÊMES.
PLUS JE SERAI CRÉATIF, PLUS VITE MES STATS AUGMENTERONT !
J'AI FINI. TENEZ.
WOUAH...
TU AS VRAIMENT CRÉÉ ÇA À PARTIR D'UN BOUT DE BOIS ?
LES SEPT TOURNESOLS SYMBOLISENT TES SEPT ANNÉES DE DÉVOTION À CETTE FEMME.
LES ROSES, C'EST CADEAU.

MERCI ! MERCI INFINIMENT ! TU ES UN GÉNIE !
YOUPI
YOUPI
OUAI
OUAI
JE TE LE FAIS PAS DIRE.
JE VAIS ÊTRE GÉNÉREUX... ÇA NE TE COÛTERA QUE 3 PIÈCES D'OR.
C'EST LE MINIMUM SYNDICAL VU LES EFFORTS QUE J'AI FOURNIS.
UNE SECONDE, MON PORTEFEUILLE EST...
OH ?
FWIP
FWIP
J'Y CROIS PAS !
HEIN ?
C'EST PAS VRAI ?!

CHAPITRE 25

IL VA ME FAIRE CROIRE QU'IL A PERDU SON PORTEFEUILLE ALORS QU'IL EST VENU SANS.
HMPF
PARDON, MAIS J'AI PERDU MON PORTEFEUILLE !
ÇA DOIT ÊTRE LE COUP D'UN PICKPOCKET !
ET LÀ, IL VA ME PROPOSER DU TROC EN ÉCHANGE DU BOUQUET.
LA TUILE !
JE N'AI PLUS UN SOU EN POCHE. QUE DIRAIS-TU D'UN ÉCHANGE ?

...
AH... ÇA VEUT DIRE NON ?
MAIS J'Y PENSE !
FRSH
J'AVAIS 2 PIÈCES D'OR ET 90 PIÈCES D'ARGENT QUI TRAÎNAIENT DANS MA POCHE DE DERRIÈRE. HA HA HA.
GNAP
NE ME DONNE PAS DES TRUCS QUI SORTENT DE TON...!
IL MANQUE 10 PIÈCES D'ARGENT... JE COMPTE SUR TA COMPRÉHENSION. HÉ HÉ HÉ.
UN, DEUX... UGH... J'ESPÈRE NE PAS ME FAIRE CONTAMINER.

FILE-MOI AUTRE CHOSE POUR COMPENSER CE QUI MANQUE.
SHHH
VU SON ÉQUIPEMENT, PAS SÛR QU'IL AIT GRAND-CHOSE.
JE PEUX TE DONNER CE LIVRE.
VOUS AVEZ DÉCOUVERT L'ITEM HISTORIQUE "LA CITÉ PERDUE DU CONTINENT DE VERSA, PARTIE 4".
UN LIVRE ? ÇA PARLE DE QUOI ?
JETONS UN ŒIL AU CONTENU...
WOOONG
LA CITÉ PERDUE DU CONTINENT DE VERSA
LA CITÉ OUBLIÉE DU CONTINENT DE VERSA #4
DANS LE CIEL MÉRIDIONAL DU ROYAUME DE ROSENHEIM FLOTTE UNE IMMENSE CITÉ, RICHE DE SECRETS ET ENTOURÉE DE LÉGENDES, OÙ VIVENT DES ÊTRES NON-HUMAINS SEMBLABLES À DES OISEAUX.
CES GUERRIERS PUISSANTS ET REDOUTABLES EXÈCRENT LES MONSTRES. C'EST POUR CETTE RAISON QU'IL N'EN RESTE AUCUN DANS LE SUD DU ROYAUME.
CEPENDANT, PLUS PERSONNE N'A APERÇU CETTE CITÉ CÉLESTE DEPUIS FORT LONGTEMPS. SON EXISTENCE MÊME COMMENCE À ÊTRE REMISE EN DOUTE.
SEULS LES VILLAGEOIS DE LA RÉGION, QUI SE FIENT AUX TÉMOIGNAGES DE LEURS ANCÊTRES, CONTINUENT D'Y CROIRE DUR COMME FER.
D'AUCUNS RACONTENT QU'IL FAUT POSSÉDER LES GRAINES D'UN ARBRE BIEN PRÉCIS POUR ATTEINDRE CETTE CITÉ...

QUOI ?
OMG !
UNE VILLE FLOTTANTE ? C'EST RIDICULE !
ÇA RESSEMBLERAIT À UN TRUC DANS LE GENRE ?
ET PUIS, ADMETTONS QU'ELLE EXISTE.
CE SERAIT IMPOSSIBLE DE LA LOUPER !
C'EST PAS CRÉDIBLE !
PAPA, LA CITÉ CÉLESTE NOUS PRIVE ENCORE D'ENSOLEILLEMENT.
FAIS TON SAC, FISTON. DIRECTION LA MAIRIE !

...
...
T'AS L'AIR SCEPTIQUE, MAIS JE T'ASSURE QUE J'AI BATAILLÉ POUR ME PROCURER CE BOUQUIN !
BIEN VU. JE SUIS ULTRA SCEPTIQUE.
DÉSOLÉ.
J'AIMERAIS TE PROPOSER AUTRE CHOSE, MAIS JE N'AI RIEN DE PLUS PRÉCIEUX.
VOIS PAR TOI-MÊME.
[SERPENT SÉCHÉ] VENIMEUX
[BOTTE CROTTÉE] PAIRE INCOMPLÈTE
[SABRE BRISÉ] CAPACITÉ OFFENSIVE : 2
...

HAA...
C'EST BON, ÇA VA.
FWIT
VOUS AVEZ ACQUIS L'ITEM "LA CITÉ OUBLIÉE DU CONTINENT DE VERSA, PARTIE 4".
AU MOINS, J'AI PU AUGMENTER MON NIVEAU DE SCULPTURE. ET PUIS, IL FAUT RECONNAÎTRE QUE 3 PIÈCES D'OR, C'ÉTAIT EXAGÉRÉ.
J'ACCEPTE, MAIS À UNE CONDITION.
UNE CONDITION ?
LA... LAQUELLE ?
TA DEMANDE EN MARIAGE A INTÉRÊT DE RÉUSSIR !
CLING
FWIT
BLUSH
AH...
FWIP
FWIP
C'EST PROMIS ! MERCI ENCORE !

CE TYPE FERA UN BON MARI. ÉCONOME AU POSSIBLE...
OH ?
FLASH
DZZT
DZZT
DZZT
DZZT

WOUSH
AH...
HA HA...
CE PINGRE CACHAIT UN ÉQUIPEMENT DE MALADE !
TOUT ÇA DOIT VALOIR PLUSIEURS MILLIERS DE PIÈCES D'OR !
SNIF
J'AURAIS DÛ M'EN DOUTER QUAND IL A DIT QUE ÇA FAISAIT SEPT ANS QU'IL JOUAIT...

NAVRÉ DE T'AVOIR MENTI, SCULPTEUR. MAIS IL ÉTAIT PRIMORDIAL QUE JE TE DONNE CE LIVRE.
C'EST PAS L'ARGENT QUI MANQUE, EN VÉRITÉ...
NGH...
J'EN AI BAVÉ POUR ME LE PROCURER. MAIS IL M'A SEMBLÉ QUE SA PLACE ÉTAIT ENTRE TES MAINS.
SI LE DESTIN LE VEUT, TU PARVIENDRAS UN JOUR À ATTEINDRE CETTE CITÉ CÉLESTE.
ET SI JE LE COURSAIS ? IL N'EST PAS TROP TARD.
BON, JE M'EN VAIS.
FWIP
PAYLE : ALLÔ, WEED ?
DING
HEIN ?

WEED : SALUT, ÇA FAISAIT UN BAIL.
PAYLE : CONTENT DE VOIR QUE TU ES DE RETOUR. ÇA A ÉTÉ ? JE T'AI ENVOYÉ PLUSIEURS MESSAGES QUI N'ONT PAS L'AIR D'ÊTRE PARVENUS JUSQU'À TOI.
JE ME DEMANDE CE QUE PAYLE ME VEUT, TOUT À COUP.
LES MESSAGES PRIVÉS NE DEVAIENT PAS PASSER DANS L'ANTRE DE LITVART.
WEED : DÉSOLÉ POUR ÇA. J'ÉTAIS UN PEU OCCUPÉ.
PAYLE : JE VOIS.
PAYLE : TU ES LIBRE, LÀ TOUT DE SUITE ? ON S'APPRÊTE À PARTIR EN EXPÉDITION DANS LE VILLAGE DE BARAN. ÇA TE DIT DE TE JOINDRE À NOUS ?

BARAN ?
CE VILLAGE SE SITUE AU SUD DU ROYAUME. PEUT-ÊTRE QUE...
NAN, C'EST PEU PROBABLE.
LA CITÉ OUBLIÉE DU CONTINENT DE VERSA #4
DANS LE CIEL MÉRIDIONAL DU ROYAUME DE ROSENHEIM FLOTTE UNE IMMENSE CITÉ, RICHE DE SECRETS ET ENTOURÉE DE LÉGENDES, OÙ VIVENT DES ÊTRES NON-HUMAINS SEMBLABLES À DES OISEAUX.
VILLAGE DE BARAN

TCHAC
QUELLE CHALEUR !
HMM ?
FRSHHH
QU'EST-CE QUE C'EST ?
!!

FRRSSSH
AARGH !
VLAM
GRRR
GRRRR

AAAH !
GROOAAAAR
GYAH !

CHAPITRE 26

JE CROIS ÊTRE AU BON ENDROIT...
WEED !
AH, LES VOILÀ.
PAR ICI !

SALUT, WEED.
VOUS ALLEZ BIEN ?
HA HA HA
ÇA FAISAIT LONGTEMPS !
OÙ T'ÉTAIS PASSÉ ?
ON N'ARRIVAIT PLUS À TE JOINDRE...
HMPF
TON ÉQUIPEMENT N'A PAS ÉVOLUÉ...
EN FAIT...
HA HA HA
JE PRÉFÈRE NE PAS LEUR PARLER DU DONJON SECRET...
T'EN FAIS PAS, ÇA ARRIVE DE NE PAS POUVOIR SE CONNECTER PENDANT QUELQUE TEMPS.

MAIS DIS, TU VAS TE JOINDRE À L'EXPÉDITION ? NOUS, OUI.
VIENS AVEC NOUS !
AH ?
GWAK
EUH...
C'EST GÊNANT...
...
HI HI

AH...
JE VOIS.
EUH...
DÉSOLÉ D'ÊTRE
RESTÉ INJOIGNABLE
TOUT CE TEMPS.
J'AVAIS
QUELQUES
AFFAIRES À
RÉGLER.
Y A MON
COUTEAU...
DEUX
SECONDES,
IL FAUT QUE JE
JETTE UN ŒIL À
MON INVENTAIRE.
FWIT
ÉVITONS
DE CRÉER
DES TENSIONS
AU SEIN DE
L'ÉQUIPE.
DITES-MOI
PLUTÔT, VOUS
EN ÊTES À QUEL
NIVEAU ?
48 !
ÇA N'AUGMENTE
PAS VITE PARCE
QUE JE MEURS
SOUVENT !
HÉ
HÉ
Y A PAS DE
QUOI EN ÊTRE
FIÈRE...

MOI, 53.
51.
MOI AUSSI.
VOUS AVEZ TANT PROGRESSÉ EN SEULEMENT UN MOIS ?
VOUS AVEZ DÛ BEAUCOUP JOUER...
M'EN PARLE PAS ! J'AI MÊME FAIT UNE DEMANDE DE CÉSURE À L'ÉCOLE.
ÇA NE VA PAS T'ATTIRER DES PROBLÈMES ?
IL SE TROUVE QUE MON PROF EST FAN DE CE JEU. ON A PASSÉ UN MARCHÉ.
TENEZ, LE CASQUE DU COQ-GOUROU QUE VOUS CHERCHIEZ.
TU PEUX COMPTER SUR MOI JUSQU'À TON DIPLÔME.
J'APPELLE ÇA UN POT-DE-VIN ! COMPLÈTEMENT ILLÉGAL... MAIS C'EST DU GÉNIE !

POUR INFO, IL FAUT AVOIR DÉPASSÉ LE NIVEAU 30 POUR SE JOINDRE À L'EXPÉDITION.
C'EST UNE QUÊTE TRÈS DEMANDÉE PUISQU'ELLE PERMET DE GAGNER EN XP ET EN RENOMMÉE.
C'EST PARTI !
GO !
ON EST PLUS NOMBREUX.
MISÉRABLES HUMAINS, VOUS CROYEZ ÊTRE EN MESURE DE ME VAINCRE ?
ON A TOUTES NOS CHANCES.
UN PEU RISQUÉE, CAR IL Y AURA PAS MAL DE MONSTRES...
MAIS VU NOTRE NOMBRE, ON POURRA S'ENTRAIDER.
VOUS AVEZ VAINCU UNE ARAIGNÉE.
VOUS AVEZ VAINCU UN BÉBÉ ARAIGNÉE.
VOUS AVEZ VAINCU UNE ARAIGNÉE.
VOUS AVEZ UNE ARAIGNÉE.
LE JOUR S'EST LEVÉ.
VOUS AVEZ VAINCU UNE ARAIGNÉE.
POUR ÊTRE FRANC, J'EN AI MA CLAQUE DES ARAIGNÉES ET DES BANDITS.
HAA
LA MÊME.

C'EST PAS UNE SI MAUVAISE IDÉE.
T'ES LE BIENVENU PARMI NOUS.
C'EST VRAI, ÇA...
MAIS DIS, TU T'ES TROUVÉ UNE CLASSE ?
NE ME DIS PAS QUE TU N'EN A TOUJOURS PAS ?
...

SI... J'EN AI UNE.
JE LEUR DIS ?
LAQUELLE ?
HEIN ?
FWIT
IL FAUT QUE JE SACHE POUR TE DONNER LES BUFFS QU'IL FAUT...
ELLE EST BIEN CURIEUSE, TOUT À COUP...
JE SUIS SCULPTEUR.
ON VA FAIRE L'IMPASSE SUR "CLAIR DE LUNE LÉGENDAIRE"...
COOL ! TU AS CHOISI UNE CLASSE ARTISTIQUE !
SCULP-TEUR ?
HEIN ?
...
CLAP
CLAP
DANS LE SENS DE... COMBATTANT SCULPTEUR ?
JE VAIS VOUS TAILLER EN PIÈCES !
MOUAH HA
NON, JUSTE SCULPTEUR
FWIP
FWIP
SI SEULEMENT...

LES CLASSES D'ARTISANAT N'ONT PAS DE BOOSTS DE PV OU DE CAPACITÉ OFFENSIVE, CONTRAIREMENT AUX COMBATTANTS...
C'EST PAS FORTICHE, UN SCULPTEUR...
JE CRAINS QU'ILS LE TROUVENT TROP FAIBLE POUR L'AUTORISER À PARTICIPER À L'EXPÉDITION.
POURQUOI ? C'EST MAL D'ÊTRE SCULPTEUR ?
PAS DU TOUT !
ÇA NE POSE AUCUN PROBLÈME !
C'EST SON CHOIX.
YOUPI
TOUT VA BIEN, ALORS ! ALLONS-Y, WEED !
EUH...
ON POURRA S'ENTRAIDER SI BESOIN.
COMPTE SUR NOUS POUR TE FILER UN COUP DE MAIN EN CAS DE DIFFICULTÉ.
ON EST AMIS.

...
VOUS NE ME LAISSEZ PAS LE CHOIX.
EN ROUTE !
HA HA !

IL FAIT TROP BEAU !
J'OUBLIE PARFOIS QU'ON EST DANS UN MONDE VIRTUEL...
C'EST LA PREMIÈRE FOIS QUE JE SORS DE LA CAPITALE...
ON SE CROIRAIT EN EXCURSION.
ON AURAIT DÛ APPORTER UN PIQUE-NIQUE !
MAIS OÙ EST PASSÉ WEED...
AH, LÀ-BAS !
ET VOILÀ CE QUI S'EST PASSÉ, HA HA !
MERCI POUR L'INFO !
IL PAPOTE DÉJÀ AVEC LES AUTRES JOUEURS.
TU AS ENCORE ACHETÉ QUELQUE CHOSE ?
J'AI REMARQUÉ QUE TU AS FAIT LE PLEIN D'INGRÉDIENTS ET D'ÉPICES TOUT À L'HEURE...
CETTE FOIS, J'AI JUSTE GLANÉ DES INFORMATIONS.
FIGURE-TOI QUE TOUS CES INGRÉDIENTS VONT SE RÉVÉLER BIEN UTILES.

FWIT
QUEL GENRE D'INFOS ?
RAPPROCHEZ-VOUS.
?
?
...
HUM
ÉCOUTEZ-MOI BIEN.

UNE FOIS ARRIVÉS AU VILLAGE DE BARAN, NE FAITES CONFIANCE À PERSONNE.
!

CHAPITRE 27

QU'EST-CE QUE TU VEUX DIRE ?
POURQUOI ?
C'EST SIMPLE.
ON NE PEUT COMPTER QUE SUR NOUS-MÊMES.
JE NE TE SUIS PAS...
AH !

WIP
J'AI SAISI.
J'AI VU JUSTE ?
TOUT À FAIT.
HMM...
SÉRIEUSEMENT ?!
AAARGH !
CE SERAIT SYMPA DE NOUS METTRE DANS LA BOUCLE !

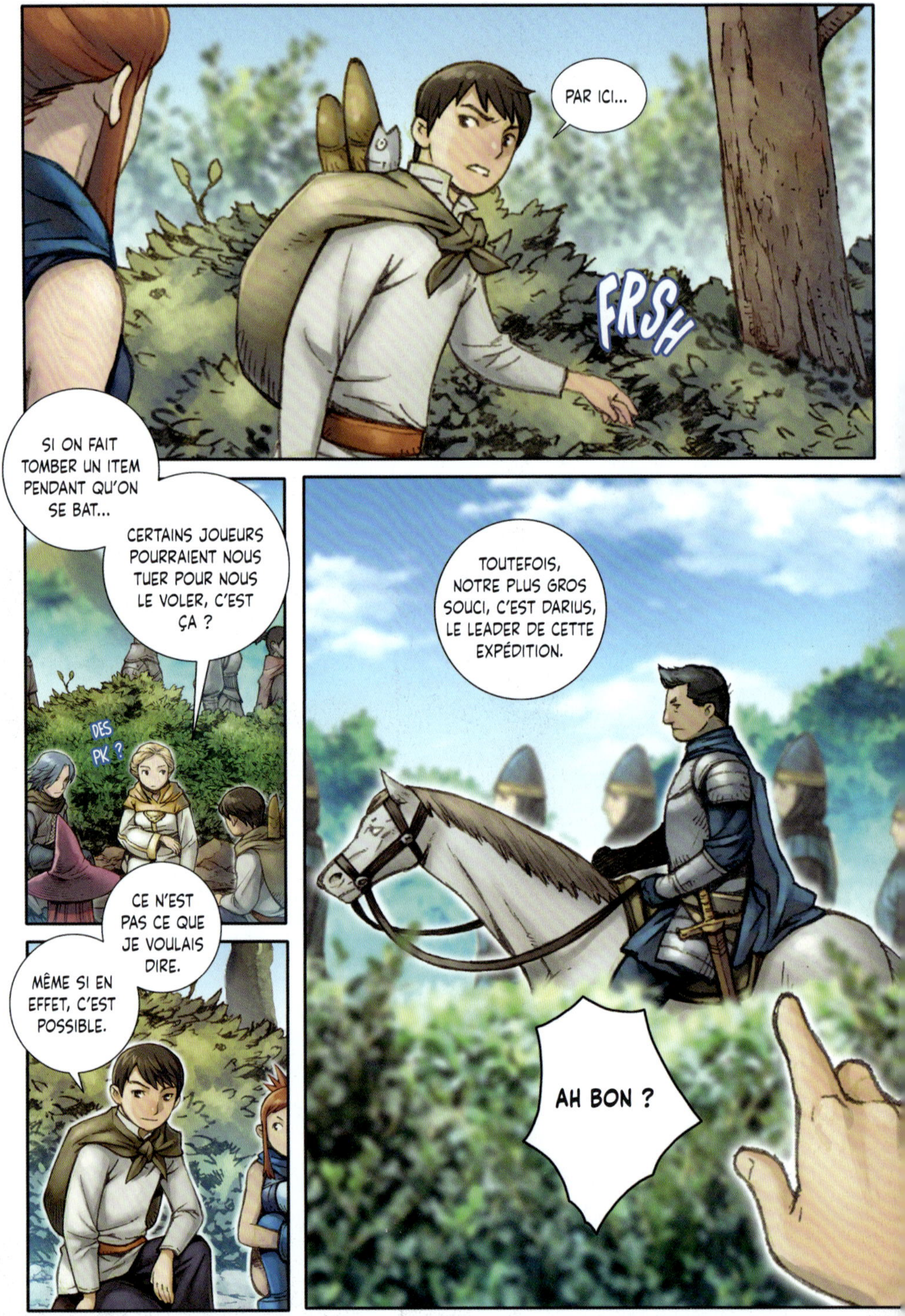
PAR ICI...
FRSH
SI ON FAIT TOMBER UN ITEM PENDANT QU'ON SE BAT...
CERTAINS JOUEURS POURRAIENT NOUS TUER POUR NOUS LE VOLER, C'EST ÇA ?
DES PK ?
CE N'EST PAS CE QUE JE VOULAIS DIRE.
MÊME SI EN EFFET, C'EST POSSIBLE.
TOUTEFOIS, NOTRE PLUS GROS SOUCI, C'EST DARIUS, LE LEADER DE CETTE EXPÉDITION.
AH BON ?

RAPPELEZ-VOUS.
INSCRIPTIONS POUR L'EXPÉDITION AU VILLAGE DE BARAN
AU SUIVANT...
AAAH
NOTRE GROUPE COMPTE UNE CLERC, UNE PYROMANCIENNE, UN ARCHER ET UNE MOINE, TOUS AUX ENVIRONS DU NIVEAU 50.
AINSI QU'UN...
MINCE. SI JE DIS QU'ON A UN SCULPTEUR, ON SE FERA REFOULER SOUS PRÉTEXTE QUE CE N'EST PAS UNE CLASSE DE COMBAT.

VOUS ÊTES CINQ EN TOUT ?
LE COMPTE EST BON. ON A NOS 300 PARTICIPANTS.
QUOI ?
JE VOUS ENVOIE L'INVITATION DE QUÊTE. PENSEZ À L'ACCEPTER.
ON EST AU COMPLET ! EN ROUTE !
VLAN
DARIUS NE M'A DEMANDÉ NI MA CLASSE NI MON NIVEAU. IL VOULAIT JUSTE ASSEZ DE JOUEURS POUR DÉCOLLER.
L'IMPORTANT POUR LUI, C'ÉTAIT D'ATTEINDRE LE NOMBRE DE PARTICIPANTS REQUIS.
...
!
C'EST UN CHIC TYPE !
NON ! LAISSE-MOI FINIR !

HAA
HÉLAS... PAS VRAIMENT.
D'APRÈS MES INFOS, DARIUS A MAUVAISE RÉPUTATION.
APPAREMMENT, IL EST PRÊT À TOUT POUR SERVIR SES INTÉRÊTS...
IL VEUT QUAND MÊME QUE CETTE QUÊTE RÉUSSISSE, NON ?
ÇA LUI RAPPORTERAIT PLUS DE RÉCOMPENSES ET DE RENOMMÉE...
DARIUS
CLASSE : GUERRIER
NIVEAU : 140
AFFILIATION : GUILDE D'IKA

ÇA NE LUI SUFFIT PAS.
COMMENT ÇA ?
SA CUPIDITÉ L'AVEUGLE. IL MÈNE CETTE EXPÉDITION N'IMPORTE COMMENT... DE MANIÈRE DÉLIBÉRÉE.
QUOI ?!
EXPLIQUE-NOUS !
LES PARTICIPANTS SONT TOUS DE BAS NIVEAU ALORS QU'UNE HORDE DE MONSTRES NOUS ATTEND.
OR, DARIUS NE NOUS A COMMUNIQUÉ AUCUNE STRATÉGIE À ADOPTER.
?
AH...
...

MALGRÉ NOTRE NOMBRE, NOUS SOMMES DÉSORGANISÉS.
COMMENT POURRIONS-NOUS COMBATTRE EFFICACE-MENT SANS CONNAÎTRE LES SPÉCIALITÉS DE CHACUN ?
...
GUÉRIS-MOI !
JE SUIS ARCHER !
ATTAQUONS-LES ENSEMBLE !
DÉSO, JE SUIS UN PK.
TU M'AS LANCÉ UN BUFF ? ÇA PIQUE.
ON EST TOUS LES DEUX GUÉRISSEURS !

ÇA A POURTANT MARCHÉ JUSQU'À MAINTENANT...

CETTE FOIS, C'EST DIFFÉRENT.

LES QUATRE PREMIERS !
1 !
2 !
3 !
ME LAISSEZ PAS SUR LA TOUCHE...
4 !
ON EST HABITUÉS À NE CHASSER QUE QUELQUES MONSTRES. LES COMBATS À GRANDE ÉCHELLE NÉCESSITENT UNE STRATÉGIE RADICALEMENT DIFFÉRENTE.
ON A BEAU ÊTRE 300 EN TOUT, ON VA NATURELLEMENT SE DIVISER EN PETITS GROUPES ET SE BATTRE AUX CÔTÉS DE CEUX QU'ON CONNAÎT LE MIEUX.
ÇA POURRAIT VITE TOURNER AU VINAIGRE.
HMM...
AH !

RADIO DIFFUSION LOCALE
RÉUNION DU CLUB XX
TU CONNAIS LA SÉRIE...
...
GARDE-À-VOUS !
T'ES LÀ EN SOUTIEN ?
OUAIS !
TU REVIENS DE L'ARMÉE, TOI.
FILE-MOI TON NUMÉRO.
LA FERME !
C'EST UN PEU COMME LES RÉUNIONS DE CLUBS DE LA FAC ?
ÇA M'ENNUIE DE LE RECONNAÎTRE, MAIS ÇA Y RESSEMBLE VRAIMENT...
HAA
EN D'AUTRES MOTS...

C'EST ÇA... DARIUS N'A PAS L'INTENTION DE TIRER PARTI DE NOTRE AVANTAGE NUMÉRIQUE.
LUI ET SA GUILDE VEULENT GARDER TOUT LE BUTIN POUR EUX.
HÈ HÈ HÈ
ON DIT BIEN QUE LE PIRE ENNEMI D'UNE ARMÉE, C'EST SON COMMANDANT...
HOMMES-LÉZARDS
WEED
SOLDATS
SOLDATS
SOLDATS
JOUEURS
JOUEURS
JOUEURS
JOUEURS
SI C'ÉTAIT MOI QUI DIRIGEAIS CETTE EXPÉDITION...
J'AURAIS PLACÉ LES SOLDATS DU ROYAUME EN PREMIÈRE LIGNE, DEVANT LES AUTRES JOUEURS.
C'EST LE MEILLEUR MOYEN DE GAGNER LA CONFIANCE DES AUTRES TOUT EN AUGMENTANT SES POINTS DE LEADERSHIP.
JE PEUX AUGMENTER MA RENOMMÉE ET MES XP DE PLEIN DE FAÇONS... MAIS LES OCCASIONS DE GAGNER DES POINTS DE LEADERSHIP SONT RARES.
WEED.
ON FAIT QUOI, ALORS ?
J'AI PAS TOUT PIGÉ...

ON SE SERRE LES COUDES POUR SURVIVRE.
COMPRIS ? ON NE COMPTE QUE SUR NOUS-MÊMES.
ÇA MARCHE.
...
SI JE MEURS, ADIEU LES RÉCOMPENSES ! ET BONJOUR LES PÉNALITÉS...
FSHHH

WOOUSH
FSHHH
PUNAISE, CE QUE ÇA SENT BON !
C'EST PRÊT ? ON PEUT GOÛTER ?
JE CRÈVE DE FAIM !
ÇA A L'AIR DÉLICIEUX !
SNIF
SNIF
TIENS ?
D'OÙ VIENT CETTE ODEUR ?
SERVEZ-VOUS, C'EST PRÊT !
YOUPI !

MIAM
CRO BON !
T'ES LE MEILLEUR, WEED !
MIAM
J'AI JAMAIS RIEN MANGÉ D'AUSSI DÉLICIEUX !
MIAM
MIAM
AAAAAAAH !
DIS...
ON PEUT GOÛTER, NOUS AUSSI ?

HÈ HÈ
BIEN SÛR !
MAIS C'EST LE DERNIER.
CE BOUT DE VIANDE EST À MOI !
POUSSEZ-VOUS ! SA PLACE EST DANS MON ESTOMAC !
DANS VOS RÊVES ! C'EST MOI QUI L'AURAI !
LÂCHE ! IL EST À MOI !
J'AI CRACHÉ DESSUS !
SALE ENFLURE... POUR LA PEINE, JE FAIS PAREIL !
DOUCEMENT...
VOUS BATTEZ PAS COMME ÇA.
SI VOUS M'APPORTEZ CE QU'IL FAUT, JE PEUX EN REFAIRE.
HEIN ?
CE SERAIT GRAVE SYMPA...
T'ES SÛR QUE ÇA TE DÉRANGE PAS ?
C'EST CHIANT DE CUISINER...

MOI, J'ADORE ÇA.
CELA DIT, SI ÇA VOUS MET MAL À L'AISE, J'ACCEPTE LES DONS.
SHALALA
OUILLE, MES YEUX !
C'EST UN SAINT !
CE SAINT HOMME A QUITTÉ LE MONDE RÉEL POUR REJOINDRE ROYAL ROAD !

PREUM'S !
NON, MOI D'ABORD !
J'ÉTAIS LÀ AVANT !
OUAI
OUAI
OUAI
Y EN AURA POUR TOUT LE MONDE ! FAITES LA QUEUE !
OUAI
HÊ HÊ
OUAI
TOUT SE PASSE COMME PRÉVU.

HÈ HÈ HÈ HÈ
JE GAGNE DE L'ARGENT TOUT EN AUGMENTANT MA COMPÉTENCE CUISINE ET MA DEXTÉRITÉ.
FWIP
HMM ?
YOUP!
OUAI
YOUP!
C'EST TOI, WEED ?

CHAPITRE 28

OUI...
C'EST À QUEL
SUJET ?

GARDE-
À-VOUS !
SALUTATIONS,
CHEF !
GLOUPS

EUH... JE CROIS QU'IL Y A ERREUR SUR LA PERSONNE.
OH ?
C'EST MOI, BECKER !
CONTENT DE TE REVOIR, CHEF !
FFT
ATTENTION SUR LA ROUTE !
PRÉVIENS-NOUS QUAND TU RENTRERAS À LA CITADELLE !
BON COURAGE, CHEF !
AH !
QU'EST-CE QUI VOUS AMÈNE ?
GNAP
ON EST QUELQUES-UNS À AVOIR ÉTÉ SÉLECTIONNÉS POUR INTÉGRER L'EXPÉDITION DE BARAN !

HUM
JE REMARQUE UN PETIT CHANGEMENT !

ON A ÉTÉ PROMUS AU RANG D'OFFICIER !
C'EST GRÂCE À TOI.

TA TÊTE ME DISAIT QUELQUE CHOSE, MAIS C'EST TON FUMET QUI M'A RAFRAÎCHI LA MÉMOIRE.
J'AI ÉTÉ SURPRIS EN RENIFLANT L'ODEUR DE TA CUISINE...
TES PLATS NOUS AVAIENT MANQUÉ, CHEF !
VOUS ABUSEZ ! Y A PAS QUE LA BOUFFE QUI COMPTE !

TENEZ, MANGEZ !
OUI !
DE LA BIDOCHE ! MIAM MIAM MIAM !
C'EST QUOI CETTE HISTOIRE ?
WEED CONNAÎT CES SOLDATS ?
CE NE SONT PAS DE SIMPLES SOLDATS, MAIS DES OFFICIERS !
...
ET ILS L'APPELLENT "CHEF" !
PLUS QU'UNE DIZAINE DE JOURS AVANT QUE NOS TROUPES ATTEIGNENT BARAN !

D'ICI-LÀ, JE VAIS CUISINER UN MAX POUR AMÉLIORER MA COMPÉTENCE CUISINE ET MA DEXTÉRITÉ !
EN FAIT, POUR CETTE DERNIÈRE, RIEN DE MIEUX QUE LA SCULPTURE MAIS JE RISQUERAIS D'ATTIRER L'ATTENTION...
TANDIS QUE CUISINER ME RAPPORTE AUSSI UN PEU D'ARGENT !

NOUS Y VOILÀ...
J'APERÇOIS LE VILLAGE DE BARAN.

IL EST TEMPS DE SE PRÉPARER.
NOUS SOMMES ENFIN ARRIVÉS.
J'AI HÂTE DE VOIR QUELS MONSTRES NOUS ATTENDENT !
...
DIRE QUE J'AI REJOINT CETTE EXPÉDITION À CAUSE DE CE BOUQUIN...
PFF, QUELLE PERTE DE TEMPS...
JE M'EN DOUTAIS... CETTE CITÉ CÉLESTE N'ÉTAIT QU'UNE LÉGENDE.

HALTE !
TIENS ?
QU'EST-CE QUI SE PASSE ?
QUI ÊTES-VOUS ?
NOUS SOMMES DES SURVIVANTS DE BARAN.
JE SUIS GANDALBA, LE DOYEN DU VILLAGE.
NOUS AVONS DEMANDÉ À LA CAPITALE DE NOUS ENVOYER DES RENFORTS... C'EST VOUS ?
TOUT JUSTE, NOUS SOMMES LÀ POUR VOUS SECOURIR. VOUS N'AUREZ BIENTÔT PLUS RIEN À CRAINDRE.
HA!

JE VOUS EN REMERCIE.
HAA...
CEPENDANT, J'AI UNE FAVEUR À VOUS DEMANDER.
LAQUELLE ?
UNE FAVEUR ? C'ÉTAIT PAS PRÉCISÉ DANS L'AVIS DE QUÊTE...
PORTEZ SECOURS AUX VILLAGEOIS QUI ONT ÉTÉ ENLEVÉS PAR CES MAUDITS HOMMES-LÉZARDS !
JE VOUS EN CONJURE !
SAUVEZ-LES !
S'IL VOUS PLAÎT !

EN ÉCHANGE DE ?
VOUS ME PROPOSEZ QUOI COMME RÉCOMPENSE ?
HO HO
ON RECONNAIT LES JOUEURS AGUERRIS. IL N'ACCEPTE PAS N'IMPORTE QUELLE QUÊTE.
IL FAUT DIRE QUE ÇA NE MANQUE PAS...
NOUS N'AVONS RIEN À VOUS OFFRIR.
VOILÀ TOUT CE QU'IL NOUS RESTE...
DES GRAINES ? TU TE FOUS DE MOI ?
DU BALAI !
FWIP
ALLONS-Y !
ATTENDEZ ! CES GRAINES SONT...

LÂCHE-MOI LA GRAPPE. JE VAIS COMMENCER PAR SAUVER LE VILLAGE. ENSUITE SEULE-MENT, ON VERRA SI J'ENVISAGE DE VOUS AIDER OU NON.
MAIS FRANCHEMENT, TU CROIS VRAIMENT QUE TES COPAINS SONT ENCORE EN VIE ?
ALLEZ, HORS DE MON CHEMIN ! TU NOUS RALENTIS !
VLAAM
OUILLE !

C'EST CRUEL.
DARIUS EXAGÈRE...
ENFIN, C'EST QU'UN JEU.
PAS FAUX...
...
DÉSOLÉ, LES ENFANTS...
BOUHOU...
JE VERRAI PLUS JAMAIS MA MAMAN ?
FWIT

VOUS NE VOUS ÊTES PAS FAIT MAL ?
À SUIVRE...

RENDEZ-VOUS DANS LE TOME 3, BANDE DE NAZES !

CE N'EST PAS UN CHOIX TRÈS JUDICIEUX.
KIEEERGH !!
SHLAAAC
PAS MAINTENANT.

Directeur de collection : Pascal LAFINE
Coordinatrice : Lina LIANG
Supervision éditoriale : Léna PANZANI
Assistante éditoriale : Zina DERRAZ
Traduction : Lya MAYAHI
Maquette & lettrage : Studio Charon
Conception graphique : Yohan JULIEN

Ce volume contient les épisodes 14 à 28.
Dépôt légal : janvier 2025
ISBN : 978-2-38288-198-9
Imprimé et relié en décembre 2024
par Rotolito, en Italie.

KBOOKS

Groupe Delcourt - KBOOKS -
8 rue Léon Jouhaux 75010 Paris

www.editions-delcourt.fr